F. Z. Svoboda

Programm des k. k. Staats-Gymnasiums in Cilli herausgegeben am Schlusse des Schul-Jahres 1880 von Dr F. Z. Svoboda, k. k. Gymnasial-Direktor

Antigonos

F. Z. Svoboda

Programm des k. k. Staats-Gymnasiums in Cilli herausgegeben am Schlusse des Schul-Jahres 1880 von Dr F. Z. Svoboda, k. k. Gymnasial-Direktor

Unveränderter Nachdruck der Originalausgabe von 1880.

1. Auflage 2024 | ISBN: 978-3-38693-850-1

Antigonos Verlag ist ein Imprint der Outlook Verlagsgesellschaft mbH.

Verlag: Outlook Verlag GmbH, Zeilweg 44, 60439 Frankfurt, Deutschland
Vertretungsberechtigt: E. Roepke, Zeilweg 44, 60439 Frankfurt, Deutschland
Druck: Libri Plureos GmbH, Friedensallee 273, 22763 Hamburg, Deutschland

INHALT.

PROGRAMM

DES

K. K. STAATS - GYMNASIUMS

IN

CILLI.

Herausgegeben

AM SCHLUSSE DES SCHUL-JAHRES 1880

VON

Dᴿ F. Z. SVOBODA,

k. k. Gymnasial-Direktor.

CILLI.
BUCHDRUCKEREI VON JOHANN RAKUSCH.
1880.

Verwertung des siebenten pseudo - platonischen Briefes als Quelle für Platons sicilische Reisen.

Die spärlichen Quellen, die uns für die Lebensgeschichte Platons zu Gebote stehen, erhalten wir, wenn man von den Briefen und ein paar vereinzelten Notizen bei Aristoteles absieht, immer erst durch Vermittelung späterer Schriftsteller, die nicht einmal über das Zeitalter Ciceros hinaufreichen. Gehen auch diese Nachrichten ausdrücklich oder stillschweigend auf bedeutend ältere Gewährsmänner zurück, so sieht man sich doch in den meisten Fällen darauf angewiesen, die Glaubwürdigkeit der betreffenden Ueberlieferung mit peinlicher Sorgfalt zu prüfen. Unter solchen Umständen wäre es von unschätzbarem Werte, wenn die Sammlung der platonischen Briefe, insbesondere der weitaus wichtigste siebente Brief wirklich von Platon stammte. Allein das Verdammungsurteil hierüber ist längst gesprochen[1]); so sichtbar sind die Kennzeichen der Unechtheit, die diese Producte einer späteren Zeit an sich tragen, dass es unbegreiflich erscheint, wie dieselben zumal nach den überraschenden Enthüllungen, die über die ganze derartige Litteratur Bentleys Phalarideen verbreitet haben, noch so lange Zeit unter des Philosophen Namen gehen konnten. Nicht einmal die Annahme ist haltbar, dass wenigstens der siebente Brief etwa von einem vertrauten Freunde oder Schüler Platons — Speusippos — stamme[2]). Einem solchen Manne könnte man unmöglich die Unkenntnis in den Einrichtungen des athenischen Staates zutrauen, welche der Verfasser bei Erwähnung der Herrschaft der dreissig Tyrannen[3]) und der Verurteilung des Sokrates[4]) verrät.

Dazu kommen noch zahlreiche andere Umstände. Eher als Heraklit verdient unser Autor den Namen σκοτεινός; denn was jemand an Dunkelheit des Stiles leisten kann, das hat der Verfasser redlich getan, wovon jeder überzeugt sein wird, der nur einige Zeilen des sehr unverständlichen, in den Brief eingeschobenen Excurses über die Theorie der Erkenntnis gelesen

---

[1]) Insbesondere von H. T. Karsten „Commentatio critica de Platonis quae feruntur epistolis, praecipue tertia, septima et octava". Traiecti ad Rhenum 1864 p. 10. u. 241 f.

[2]) So Socher „Ueber Platons Schriften" München 1820, Brandis, „Handbuch der Griechisch-Römischen Philosophie" II, 1. p. 145 ff., K. F. Hermann, „Geschichte u. System der platonischen Philosophie", Heidelbg. 1839 p. 424 ff. Wiegand in d. Uebersetzung der Stuttg. Sammlung p. 220. Salomon, Progr. des Friedr. Gym. Berlin 1835 p. 8 ff.

[3]) p. 324 C, Karsten a. a. O. p. 120.

[4]) p. 325 B, Karsten a. a. O p. 121.

Auch Namensverwechslungen können hier ausgiebig wirksam gewesen sein, namentlich wird manches, was über Platon gesagt wurde, auf Rechnung des Komikers Platon, von der älterer Kommödie zu setzen sein.

Solche Fälle lassen sich häufig genug nachweisen. Wir wollen nur auf den Minnesänger Nîthart von Riuwental, den bekannten Poëten der „dörperheit" verweisen, welchem die Narrenstücke und Eulenspiegeleien eines späteren Neidhart, eines Hofnarren Otto des Fröhlichen zugeschrieben wurden.

Solche Dinge können uns nicht überraschen, wenn wir bedenken, wie oft sich dasselbe Spiel anderwärts zugetragen hat. Keineswegs darf man aber daraus ein Recht ableiten, über andere vielfach beglaubigte Nachrichten eine so vernichtende Kritik zu fällen, wie v. Stein es getan. Wir haben dabei die italisch-sicilischen Reisen Platons im Auge. Sollte alles, was über sie erzählt wird, selbst da, wo eine Entstellung oder Erdichtung der Tatsachen zwecklos war, nur Lüge und Geflunker sein, gerade als hätte die blanke Wahrheit etwas Unheimliches?

Die zahllose Menge der widersprechendsten Nachrichten, die sich um die Person des athenischen Philosophen gesammelt haben, der Wust von Anekdoten, die seine Person und seine Schriften bald in den Himmel erheben bald mit Bosheit und Gemeinheit begeifern, so dass in der Tat von der Parteien Hass und Gunst entstellt sein Charakterbild in der späteren Geschichte schwankt, waren für H. v. Stein massgebend in der Aufstellung seines oben angeführten Urteiles. Nun ist freilich niemand im Stande diese Schaar von Notizen in gegenseitigen Einklang zu bringen; man muss aber auch bedenken, auf welche Schriftsteller diese Nachrichten zurückgehen, und zu welch' später Zeit diese Leute gelebt haben. Diogenes von Laërte und Athenaios sind die beiden Hauptfundgruben dafür. Freilich führen diese ältere Gewährsmänner für ihre Angaben an, allein mit diesen Angaben steht er fürs erste vielfach misslich, und fürs zweite geht die überwiegende Mehrzahl der tendenziösen Notizen, die hier in Betracht kommen, im günstigsten Falle auf Schriftsteller der zwei letzten Jahrhunderte vor Christus zurück. Man sieht daher, wie wenig gerechtfertigt die Behauptung v. Stein's ist, der sogar sämmtliche Nachrichten, die sich auf die platonischen Reisen beziehen, als unglaubwürdig und wertlos verwirft. Denn jene Nachrichten über Platons Reisen dienen nach v. Stein nur dazu, das Ansehen platonischer Weisheit durch ihre Zurückführung auf die echten Quellen ausländischer wie griechischer Bildung zu erhöhen[1]). Sie gehören somit der panegyrischen Ueberlieferungsreihe an und seien daher mit einem gewissen Misstrauen zu betrachten.

Als Quelle für Platons sicilisch-italische Reisen kommt vor allem der siebente Brief in Betracht. Derselbe enthält nicht nur eine einigermassen ausführliche Zusammenstellung der drei Reisen, sondern er ist auch von verhältnismässig hohem Alter. Wir besitzen nämlich einige Anhaltspunkte, die ungefähre Zeit seiner Entstehung zu ermitteln. Es kennt bereits der

---

[1]) a. a. O. p. 170.

Grammatiker Aristophanes von Byzantion die platonischen Briefe, welche er in seine fünfte Trilogie der platonischen Schriften aufgenommen hatte[1]). Dass es wirklich dieselben dreizehn Briefe waren, die uns in den Platonhandschriften überliefert sind[2]), geht aus der Aufzählung der Briefe durch Angabe der Adressaten bei Diogenes von Laërte hervor[3]). Aristophanes wurde um Ol. 144 = 204 v. Chr. Vorstand der alexandrinischen Bibliothek[4]). Also existirten bereits damals die platonischen Briefe. Aber wir können ihr Vorhandensein auch noch für eine frühere Zeit nachweisen. Aller Wahrscheinlichkeit nach bezieht sich jene aristophanische Einteilung der platonischen Schriften auf die πίνακες des Kallimachos. Denn wo kann dieselbe anders gestanden sein als ἐν τοῖς πρὸς τοὺς Καλλιμάλου πίνακας;[5]), in denen Aristophanes die Leistungen des Kallimachos ergänzend weiter führte?[6]) So hat jener Grammatiker Pindars Gesänge in die jetzige Ordnung gebracht[7]), wiewohl schon Kallimachos dieselben in den πίνακες ἐν οἷς ἦσαν ἀναγραφαὶ ἀρλαίων ποιητῶν[8]) bearbeitet haben muss. So hatte nun Kallimachos, dessen πίνακες sich ja auf die ἐν πάσῃ παιδείᾳ διαλάμψαντες; bezogen[9]), auch die Platonica behandelt, und bei dieser engen Beziehung, die nun die Einteilung des Aristophanes zu den πίνακες des Kallimachos gewinnt, müssen wir annehmen, dass alle an der Diogenesstelle genannte Schriften auch schon dem Kallimachos bekannt gewesen sind. Somit kommen wir mit der Existenz der platonischen Briefe mindestens um ein halbes Jahrhundert hinauf, denn Kallimachos ward etwa seit Ol. 133,1 = 248 v. Chr. Nachfolger des Zenodot in der Leitung der alexandrinischen Bibliothek. Demnach haben wir für die Entstehungszeit unserer Briefe nur mehr einen Spielraum von hundert Jahren offen; denn vor Platons Tod i. J. 348 wird doch niemand den siebenten Brief setzen wollen. Wir werden kaum erheblich irren, wenn wir annehmen, dass er zu Ende des vierten, oder zu Anfang des dritten Jahrhundertes verfasst sei. Denn einerseits muss man erwägen, dass gleich nach dem Tode Platons die lebendige Erinnerung an den Verstorbenen von einer solchen Fälschung abhalten musste, zumal die Akademie damals die Schüler des grossen Meisters, Speusippos und hierauf Xenokrates, zu Vorständen hatte. Andererseits ist

---

[1]) Diogenes v. Laërte III. 62.

[2]) Wozu noch fünf bei K. F. Hermann aus anderen Hülfsmitteln kommen.

[3]) a. a. O. § 61. Ueber eine geringe Abweichung s. Karsten p. 12 ff. — Suckow's Zweifel ob an jener Diogenesstelle wirklich der Grammatiker Aristophanes zu verstehen ist (d. wissenschaftl. u. künstl. Form d. plat. Schriften, Breslau 1855 p. 166) ist längst als unbegründet zurückgewiesen. Vgl. M. Schanz, Studien zur Geschichte des platonischen Textes; Würzburg 1874 p. 11.

[4]) A. Nauck, Aristophanis Byz. grammatici Alexandrini fragmenta Hal. 1848 p. 10.

[5]) Athenaios IX. p. 408 F. u. VIII. p. 336.

[6]) Nicolai, Griech. Litt. II. I. p. 96; Nauck, a. a. O. p. 245 f.

[7]) Nauck a. a. O. p. 249.

[8]) Etymol. magn, s. v. πίναξ.

[9]) Suidas s. v. Καλλίμαλος.

in Betracht zu ziehen, dass dem siebenten Briefe ohne Zweifel die Priorität vor den übrigen zuzusprechen ist, wenn nicht vor allen, so doch mindestens vor allen denjenigen, die einigermassen von Bedeutung sind, obschon letztere so gering ist, dass sämmtliche übrigen Briefe dem siebenten gegenüber unberücksichtigt bleiben können. Unser Brief enthält nämlich in nuce den Stoff, der zum Teil in den übrigen ausführlicher behandelt wird. So hat sich der Autor des achten Briefes die Partie zur Behandlung gewählt, in der Platon den Freunden und Verwandten Dions Ratschläge erteilt. Der ganz klägliche dritte Brief behandelt das Verhältnis Platons zu Dionysios II. und trägt mitunter eine ganz bedenkliche Aehnlichkeit, die sich bis auf wörtliche Uebereinstimmung erstreckt, mit dem siebenten zur Schau. Ebensowenig können der zweite, vierte und dreizehnte ihre Quelle verläugnen[1]). Daher ist der Gedanke an eine einheitliche Abfassung bei den platonischen Briefen ebensowenig zulässig wie bei den Briefen des Isokrates und denen des Sokrates, die mitunter ganz widersprechende Angaben enthalten[2]).

Gerade um das Jahr 300 v. Chr., in welche Zeit wir die Abfassung des siebenten Briefes setzen zu müssen glauben, damals als eben die Bibliothek im Bruchion zu Alexandria im Aufblühen begriffen war, und man eben deshalb den Handel mit apokryphen Schriften schwunghaft zu betreiben anfing, sollen, einer Notiz des Diogenes v. Laërte zu Folge, zuerst Fälschungen von sokratischen Dialogen vorgekommen sein. Der genannte Litterarhistoriker berichtet,[3]) dass der Stoiker Persaios, ein unmittelbarer Schüler Zenons[4]) die Behauptung aufgestellt habe, dass die meisten Dialoge des Sokratikers Aischines von Pasiphon aus Eretria untergeschoben wären, und dass besagter Pasiphon auch mehrere des Antisthenes und die unechten Dialoge anderer (Sokratiker) angefertigt habe. Leicht kann unter diesen anderen Sokratikern auch Platon gemeint sein, und selbst wenn dies unrichtig wäre, so war doch durch diesen Fälscher aus Eretria ein Präcedenzfall geschaffen worden, dem bald andere nachfolgen mochten.

Man wird dieser Auseinandersetzung hoffentlich nicht den Vorwurf machen, dass sie sich in allzuhypothetischen Bahnen bewege; mag auch das eine oder andere Moment unerheblich erscheinen, in ihrer Gesammtheit geben sie doch einen bedeutsamen Fingerzeig für die Entstehungszeit des siebenten Briefes. In ihm besitzen wir demnach eine verhältnissmässig sehr alte Quelle für eine interessante Partie aus Platons Leben; und diese Quelle ist nicht nur sehr alt, sondern überhaupt die aelteste uns zugängliche und erfordert daher die aufmerksamste Beachtung.

---

[1]) S. darüber Steinhart-Müller VIII p. 284 u Karsten a. a. O. p. 16 ff. u. Steinhart, Platons Leben p. 12.

[2]) Bentley, Abhandlg. ü. d. Briefe d. Phal. Themist. Sokr. etc deutsch v. W. Ribbeck. Leipzig 1857 p. 550 ff.

[3]) II. 61.

[4]) D. L. VII, 36.

Nichtsdestoweniger müssen wir in der Verwertung der darin befindlichen Nachrichten mit Vorsicht zu Werke gehen, weil schon das Dasein eines solchen Schriftstückes zur damaligen Zeit nicht leicht ohne eine damit verbundene und die Darstellung in irgend einer Weise beeinflussende Tendenz gedacht werden kann. Denn dass die Kreise, aus denen eine solche Litteratur geflossen ist, sich nur darauf beschränkt haben sollten, die Kauflust und Sammelsucht der alexandrinischen Bibliothekare auszubeuten, wäre doch eine zu harmlose Vorstellung. Unser Brief hat zudem eine ausgesprochene Tendenz, die sich an vielen Stellen deutlich verrät. Warum hätte auch sonst der Verfasser eines Schreibens, das sich eigentlich damit beschäftigen soll, der Partei des ermordeten Dion mit Ratschlägen an die Hand zu gehen, es für notwendig erachtet eine so ausführliche Darstellung von Platons sicilischen Reisen zu geben? Wozu musste er gar seine ziemlich unverständliche Abhandlung über die Erkenntnisslehre einschieben? Karsten sagt[1]): „Tota enim epistola aperte scripta est ad vituperandum Dionysium, laudandum Dionem, maxime vero ad extollendum Platonem“. Indessen wird man richtiger tun, letzteren Ausdruck mehr auf eine Apologie von Platons Handlungsweise zu beschränken; denn apologetisch ist vor allem die Tendenz unseres Briefes, wie dies Karsten selbst an mehreren Stellen seiner Schrift hervorgehoben hat. Unserem Epistolographen ist es darum zu tun, den Nachweis zu liefern, dass Platon nicht als Fürstendiener, wie man ihm wol vorwerfen mochte, sondern im Dienste der Philosophie nach Syrakus gegangen sei, und dass ihm daher der Vorwurf einer unberufenen und unbesonnenen Einmischung in die Verhältnisse eines fremden Staates nicht gemacht werden könne. Diese wirkliche Absicht blickt allenthalben aus der Darstellung des Autors hervor[2]). Dies muss uns nun freilich vorsichtig machen in der Beurteilung der hier gegebenen Nachrichten. Aber es fehlt uns auch jede Berechtigung zu der Annahme, dass der Sophist, der dieses Werk verfasste, so weit gegangen sei, Tatsachen zu fingiren oder auch nur zu entstellen. Die Motive mag er nach seinem Sinne entwickelt haben; auf diesem Felde liess er seiner Phantasie ohne Zweifel freies Spiel; aber an wesentlichen Ereignissen hat er trotz seiner vielfach tendenziösen Darstellung nicht zu rütteln gewagt. Wer wollte auch z. B. Platons dritte sicilische Reise für erfunden erklären? Und doch hatte Platon, wenn durch irgend etwas, so durch dieses Unternehmen seinem Rufe geschadet und seinen Neidern und Feinden reichlichen

---

[1]) a. a. O. p. 144.

[2]) Z. B. p. 326 B, Verurteilung des üppigen Lebens; ganz deutlich bei Erwähnung der zweiten Reise p. 328 C οὐχ ἣ τινες ἐδόξαζον; p. 330 C. wo Rücksicht genommen wird auf jene, die den Grund der dritten Reise nicht einsehen konnten; p. 334 B. Verwahrung gegen Gewinnsucht; etc. Offen ist der Zweck des Briefes am Schlusse ausgesprochen p. 352 A: „Die Gründe meiner zweiten Reise (zu Dionysios II.) glaubte ich wegen der Seltsamkeit der Ereignisse auseinandersetzen zu müssen. Wenn nun einem diese Darlegung wahrscheinlicher zu sein und die Ereignisse besser zu erklären scheint, dann habe ich für jetzt genug gesagt.“ Gewiss eine sehr deutliche Sprache.

Stoff zu Spott und Hohn in die Hand gegeben. Wenn auch das ungelöste politische Problem, welches seinem Geiste in der Form eines Ideales vorschwebte, ihn immer wieder nach jenem merkwürdigen Teile von Hellas zog, wer wollte läugnen, dass gerade die dritte Reise es war, deren Beweggründe am wenigsten gewürdiget und verstanden wurden, und die ihn am meisten als idealen Schwärmer in Misscredit bringen musste? Kann doch selbst ein neuerer Darsteller von Platons Leben, der in pietätvollster Weise an der Ueberlieferung, so weit es irgend angeht, festhält, sein Befremden über diesen neuerlichen Entschluss des Philosophen nicht unterdrücken[1]). Es liegt in ihr ein Zug von Ironie, und er, dem man gewiss das grösste Unrecht tut, wollte man ihn einen Träumer nennen, der konnte nur zu leicht, diese Meinung von sich erregen, als er, die Seele voll Verzweiflung und mit gescheiterten Plänen, unverrichteter Dinge wiederkehrte. Und nun ist gerade diese Reise, die doch gewiss nicht aus der panegyrischen Ueberlieferungsreihe geflossen ist, am ausführlichsten geschildert. Wir erblicken darin ein schönes Zeichen für die Wahrheitsliebe des Verfassers, dem es doch ein Leichtes gewesen wäre, diesen Punkt aus Platons Leben gänzlich todt zu schweigen, umsomehr als er ja mit dem fingirten Zweck des Schreibens nicht im Zusammenhange steht. Wir dürfen daher auch an die übrigen Nachrichten unseres Briefes nicht mit so entschiedenen Vorurtheilen herantreten. Es lässt sich in unserer Frage in den meisten und wichtigsten Fällen recht wol das Wahre von dem Unechten scheiden. Wir gehen nun zur Betrachtung des Einzelnen über.

Von den Reisen Platons kennt der siebente Brief, wie die übrigen, lediglich die dreimalige Reise nach der westhellenischen Welt. Der megarischen Reise, sowie der nach Kyrene und Aegypten wird mit keiner Silbe gedacht. Die ägyptische Reise lassen wir natürlich gänzlich aus dem Spiele. Es gelingt auch in der Tat nicht aus den widersprechenden Nachrichten so klug zu werden, um jene Reise in die Aufeinanderfolge der übrigen, wie jene Nachrichten verlangen, einzureihen. Es scheinen hier diejenigen recht zu haben, welche die Wirklichkeit der Reise nach Aegypten bezweifeln. Bedenkt man, dass weder der siebente noch die übrigen Briefe diese Reise kennen, und dass ein Sophist doch gerade aus der in dem Wunderlande Aegypten eingesogenen Weisheit Platons prächtig hätte Kapital schlagen können, während er in Wahrheit nicht eine einzige Anspielung darauf macht; bedenkt man ferner, dass die älteste Quelle für diese Reise erst Cicero ist, über den keine Nachricht hinausgeht: dann können leicht Zweifel an der Richtigkeit jener Ueberlieferung aufsteigen. Doch ist hier nicht der Ort dies weiter zu verfolgen. Ebenso unzuverlässig steht es mit der Reise nach Kyrene, die selbst Steinhart ziemlich unsicher erscheint.[2])

---

[1]) Steinhart, Platons Leben p. 209.

[2]) a. a. O. p. 129.

Was nun die Reise nach Megara betrifft, so darf es uns nicht sonderlich befremden, dass der Schreiber des siebenten Briefes dieselbe ganz übergeht.[1] Hatte doch jener Besuch bei Eukleides lediglich theoretisch-philosophische Beweggründe, während an der betreffenden Stelle des siebenten Briefes[2] von praktischer Betätigung der Philosophie im Dienste des Staates die Rede ist. Zudem dauerte der Aufenthalt in Megara kaum lange.[3] Jedenfalls ist es sehr gewagt diesen Besuch Platons bei Eukleides mit v. Stein und Schaarschmidt als unerwiesen zu betrachten. Freilich geht die bezügliche Notiz nur auf Hermodoros zurück[4], und überdies sind die beiden in Frage kommenden Stellen ziemlich widersprechender Natur. Allein ein Blick auf sie lässt sofort erkennen, dass das richtige nur im Leben Platons III, 6, steht, und dass nur diese Version auf Hermodoros zurückgehen kann, während sich die andere durch einen Irrtum des Diogenes in der Sache oder im Namen eingeschlichen haben muss[5]. Während an ersterer Stelle[6] ganz unmögliche Dinge behauptet sind, vereinen sich mancherlei Umstände letzterer Nachricht das Gepräge der Wahrheit zu verleihen: Die Reise wird nicht mit der Furcht vor der Grausamkeit der Tyrannen motivirt (δείσαντες τὴν ὠμότητα τῶν τυράννων), es heisst nicht Platon sei „mit den übrigen" Sokratikern sondern „mit anderen" Sokratikern zum Eukleides gekommen, und das Alter des Philosophen ist genau auf achtundzwanzig Jahre angegeben[7]; darnach fällt Platons Geburt in das Jahr 427, welches wenn nicht mehr, so mindestens ebensoviel Berechtigung für sich hat als das Jahr 429. Wie bedenklich und gewagt erscheint gegen diese einfache Erklärung die Hypothese Schaarschmidts[8], wonach ein flüchtiger Literarhistoriker (eben Hermodoros) die δυναστε ύοντες, welche nach dem siebenten Briefe[9] Sokrates vor Gericht gezogen hatten, sicherlich mit jenen τύραννοι bei Diogenes II, 106 identificirt habe. Aber abgesehen davon, dass nach dem eben Erörterten diese Notiz wol nicht auf Hermodoros zurückgehen kann, ist dies schon darum unmöglich, weil im siebenten Briefe von der Reise nach Megara nicht die Rede ist. Keinesfalls kann mit Schaarschmidt geschlossen werden, dass Hermodoros kein Schüler oder Zuhörer Platons gewesen sei. Dem widerspricht auch Cicero, nicht so sehr durch das Gewicht seines Zeugnisses als durch die Art desselben. „Placetne tibi" schreibt er an Atticus[10] „libros de finibus edere iniussu meo? hoc ne Hermodorus

---

[1] Vgl. dagegen Steinhart, Platons Leben, p. 123.

[2] p. 325 C z. E.

[3] Karsten a. a. O. p. 170 nennt die Reise nach Megara nur einen Abstecher.

[4] Bei Diogenes Laertius II, 106 und III, 6.

[5] So erledigen sich die Bedenken v. Stein's wegen der Erwähnung der Tyrannen a. a. O. p. 66 Anm. 1.

[6] D. i. II, 106.

[7] Vgl. die klare Auseinandersetzung bei Steinhart, Platons Leben p. 122 f.

[8] Die Sammlung d. platon. Schriften etc. p. 65 f.

[9] p. 325 B.

[10] XIII, 21, 4.

quidem faciebat is, qui Platonis libros solitus est divulgare, ex quo λόγοισιν Ἑρμόδωρος“, wozu aus Suidas¹) ἐμπορεύεται zu ergänzen ist. Also war Hermodoros wegen seines Handels mit platonischen Werken bereits sprichwörtlich geworden²).

Demnach tut man Unrecht den Aufenthalt Platons bei Eukleides in Megara als unverbürgt zu betrachten. Auch verraten die der Zeit nach nächsten Dialoge, Sophistes, Politikos, Parmenides eine genauere Kenntnis der megarischen Philosophie.

Was die erste sicilische Reise anbetrifft, so fällt diese nach dem siebenten Briefe in Uebereinstimmung mit den besten Quellen mit der italischen zusammen, während schlechtere Quellen, wie die des Olympiodoros³), beide trennen. Der Grund welcher Platon zur Reise nach Italien bewog, war nach dem siebenten Brief⁴) der Ekel an der politischen Gestaltung seines Vaterlandes. Er war zur Ansicht gekommen, dass nur durch die Identität von Herrschern und Philosophen den Staaten wahres Heil erblühen könne; und mit diesem Gedanken begab er sich nach Italien (und Sicilien); das heist mit anderen Worten, er suchte seine idealistischen Pläne in einem anderen Lande zu verwirklichen. Hiemit steht freilich die weit vernünftiger klingende anderweitige Ueberlieferung im Widerspruche, wonach Platon nach Italien gekommen sei um pythagoraeische Philosophie an der Quelle zu studiren. Anderseits ist aber die Zeit der Reise wol richtig fixirt durch die Nachricht, dass Platon ungefähr im Alter von vierzig Jahren nach Syrakus gekommen sei⁵). Dies ist die einzige Zeitbestimmung, welche wir für die erste Reise besitzen. Durch sie lässt sich dieselbe ohne Störung in die Kette der Ereignisse einreihen. Nach Sicilien lässt der Epistolograph Platon ἴσως μὲν κατὰ τύχην kommen. Hiemit stimmt die Erzälung bei Plutarch⁶). Die bekannten mannigfaltigen und widersprechenden Gründe, die Platon nach der Darstellung späterer Schriftsteller zum Uebersetzen nach Sicilien bewogen haben sollen, klingen höchst unwahrscheinlich. Am annehmbarsten wäre noch Olympiodor⁷), der ihn zu Dionysios speciell mit dem Wunsche kommen lässt εἰς ἀριστοκρατίαν μεταβάλλειν τὴν τυραννίδα⁸). Uebrigens ist es naheliegend, dass Platon als wissbegieriger Hellene von Unteritalien aus auch ohne besondere Gründe die berühmte Nachbarinsel und besonders das mit Athens Geschichte so sehr verflochtene Syrakus

---

¹) s. v. Ἑρμόδωρος.

²) Der Index academicorum philosophorum Herculanensis in der 2. Sammlung der Herculanensia voll. Neap. 1861, Tom. I. p. 162—167, in dem sich wol auch Hermodorus finden wird, war uns nicht zugänglich.

³) c. 4.

⁴) p. 325 D f.

⁵) p. 324 A.

⁶) Vita Dionis c. 4.

⁷) c. 4.

⁸) Vgl. Steinhart a. a. O. p. 144.

besucht haben würde. Hier lernte er nun Dion kennen und schätzen, und gewann ihn für seine Philosophie, so dass das philosophische Leben, das dieser edle Jüngling fürderhin führte, den Aerger des Hofes erregte. Wenn Plutarch und Nepos dagegen berichten, dass Dionysius I. bis an sein Ende Dion in Ehren gehalten habe, so geht man denn doch zu weit, wenn man deshalb mit Grote und Karsten[1]) in den Worten unseres Autors die Tendenz erblicken will, die Macht platonischer Philosophie zu preisen. Der scheinbare Widerspruch löst sich, wenn man bedenkt, dass Hof und Tyrann ja nicht identisch zu sein brauchen. Von den Widerwärtigkeiten, die Dionysios dem heimkehrenden Philosophen bereitet und von den Gefahren, die ihn auf der Rückreise getroffen haben sollen, schweigt der siebente Brief gänzlich. Wir müssen gestehen, dass uns alle auf diesen Punkt bezüglichen Versionen sehr bedenklich erscheinen, erstens wegen der erstaunlichen, nicht auszugleichenden Verschiedenheit mit der das Einzelne erzählt wird, und zweitens deshalb, weil dafür keine eben alte Quelle existirt; die ältesten sind Diodor[2]) und Seneca[3]). Bedenkt man ferner, dass der Autor des siebenten Briefes sich nicht im geringsten scheut, die drohende Gefahr, der Platon auf seiner dritten Reise verfiel, ausführlich zu schildern, so begreift man in der Tat nicht, wie er jene als bei weitem grösser dargestellte Gefahr des Philosophen hätte übergehen können. Schliesslich möchten wir noch darauf aufmerksam machen, dass auch Plutarch, dem doch reichliche Quellen zur Verfügung standen, jenes märchenhafte Abenteuer nicht eben für sehr glaubwürdig hält, indem er davon nur mittelst eines λέγεται Notiz nimmt[4]). Wie es indessen hinsichtlich einer anderen mit der ersten Reise zu vereinigenden Angabe steht, mit dem Besuche bei Archytas, lässt sich nach unserem Briefe nicht entscheiden. Nach demselben wäre Platon gegen die sonstige Ueberlieferung erst bei der Rückkehr von der zweiten Reise zu Archytas gekommen[5]). Nichtsdestoweniger würde man sehr Unrecht tun, aus dieser ganz zufällig hingeworfenen Bemerkung in irgend einer Weise Kapital schlagen zu wollen. Ist aber Platons Umgang mit Archytas gelegentlich seiner ersten Reise mit Stillschweigen übergangen, so mag der Grund darin liegen, dass der Epistolograph die erste Reise geflissentlich ganz kurz behandelt hat, während die zweite bereits ausführlicher, am ausführlichsten aber die dritte geschildert ist.

Die zweite Reise nach Syrakus unternimmt Platon nach unserem Briefe bald nach dem Regierungsantritte Dionysios des Jüngeren[6]). Dies klingt sehr wahrscheinlich. Aus anderen Quellen lässt sich für die Zeit ein Anhaltspunkt nicht gewinnen. Platon wird von Dionysios II. auf Anraten Dions eingeladen, welcher den jungen Herrscher den Plänen Platons

---

[1]) p. 135.
[2]) XV, 7.
[3]) Epist. XL., 12.
[4]) Dion c. 5.
[5]) p. 338 C.
[6]) p. 327 B—D.

zugänglich machen wollte. Dies sowie die folgenden Angaben stimmen im wesentlichen mit den bezüglichen Nachrichten der Historiker; nur erfahren wir aus diesen, dass Dion wirklich ehrgeizige Absichten gehabt habe und nicht ohne Schuld an seiner Verbannung gewesen sei[1]). Dass der Verfasser des Briefes dies übergangen habe, ist freilich leicht erklärlich. Plutarch der unseren Brief im Leben Dions vielfach als Quelle benützt hat[2]), erwähnt, dass gleich nach Platons Ankunft in Syrakus ein edlerer Geist dem früheren tollen Leben Platz gemacht, und der ganze Hof sich eifrig dem Studium hingegeben habe[3]). In unserem Briefe steht davon nichts und es ist auffällig genug, dass sich der Verfasser dies hat entgehen lassen, während der dritte Brief nach Karsten darauf anzuspielen scheint[4]). Wie dem auch sein mag, so viel ersieht man daraus, dass Plutarch durchaus nicht blindlings unserem Briefe gefolgt ist, sondern noch andere Quellen vor sich gehabt hat, so dass er, wie Steinhart sagt, sicherlich nicht ermangelt hätte auf eine grobe Unrichtigkeit in den Angaben unseres Briefes aufmerksam zu machen, und dies umsomehr, als er sonst selbst kleinere Abweichungen nicht zu bemerken unterlässt[5]).

Die dritte Reise umfasst den grössten Teil des Briefes[6]) und geht in so frappirender Weise auf das Einzelne ein, dass sich uns immer wieder die Vermutung aufdrängt, der Verfasser habe hier aus einer guten reichhaltigen Quelle geschöpft. Alle Umstände vereinigen sich, diese Vermutung zur Gewissheit zu erheben.

Die Motive, durch welche Platon sich bewegen liess, das jonische Meer zum drittenmal zu kreuzen, sind allerdings auch hier nicht mit der wünschenswerten Schärfe entwickelt, sondern unter ziemlich bombastischen Tiraden versteckt. Doch entnimmt man soviel daraus: Nach dem Frieden mit den Karthagern wurde Platon auf's neue von Diogenes nach Syrakus eingeladen[7]). Dion sollte sich noch ein Jahr gedulden. Platon, welcher glaubte, der Tyrann habe lediglich ehrgeizige, persönliche Absichten, wollte darauf nicht eingehen. Er habe nämlich erfahren, dass Archytas mit einigen Tarentinern zu Dionysios gekommen sei, sich durch ihn mit Platons Philosophie vertraut zu machen[8]). Jener aber habe ihm gar wenig mitzuteilen gewusst und aus Scham darüber den Philosophen neuerdings eingeladen[9]).

---

[1]) Karsten a. a. O. p. 137.

[2]) Dies gesteht er teils selbst c. 4, c. 20 u. a. teils geht es aus vielfachen Uebereinstimmungen selbst in geringfügigen Dingen hervor.

[3]) Dion c. 13.

[4]) p. 319 C οὐκοῦν παιδευθέντα γεωμετρεῖν.

[5]) Vgl. Dion c. 20.

[6]) p. 337 E bis p. 352 z. E., freilich ist hier auch der famose Escurs 342 A—344 D eingeschoben.

[7]) p. 338 B.

[8]) Dies klingt allerdings ausserordentlich märchenhaft und kann in dieser Fassung unmöglich richtig sein. Genaueres lässt sich aber hierüber nicht sagen.

[9]) p. 338 D.

Aber erst als Dion, Archytas und die Tarentiner ihn dazu aufforderten, heisst es im Briefe, sei er (Platon) mit neuen Hoffnungen auf ein wahrhaftes philosophisches Streben von Seiten des Tyrannen zum drittenmal nach Syrakus gekommen.

Ueber das spätere Schicksal Platons am Hofe zu Syrakus wird nun weit ausführlicher Bericht erstattet als über jedes andere Ereignis aus Platons Leben. Dazu ist der Stil hier nicht so entsetzlich geschraubt und von so jämmerlicher Rhetorik durchzogen, wie im ganzen übrigen Schriftstücke. Auch muss darauf hingewiesen werden, dass der Verfasser einzelne selbst unbedeutende Personen namentlich erwähnt, wie Theodotes[1]), Archidemos[2]), Tisias[3]), Lamiskos[4]), insbesondere aber den Abenteurer Herakleides[5]), über den wir hiedurch einige weitere Nachrichten bekommen, die zu dem, was aus Plutarch[6]), Diodoros und Cornelius Nepos über den Mann bekannt ist[7]) recht gut stimmen. Bedenkt man, dass der Verfasser sonst mit den Namen historischer Persönlichkeiten äusserst zurückhaltend ist[8]), so muss man schliessen, dass ihm hier eine bessere und ausführlichere Quelle zu Gebote gestanden ist. Hierin werden wir noch durch einen gewichtigen anderen Umstand bestärkt. Während die Zeit der zweiten Reise durchaus nicht näher angegeben ist, und nur aus p. 327 B hervorgeht, dass sie als bald nach dem Tode des alten Dionysios unternommen zu denken ist, wird uns bezüglich der dritten Reise ein Factum überliefert, welches — unzweifelhaft richtig — eine genaue Zeitbestimmung ermöglicht. Nachdem nämlich der Verfasser über Platons Abkommen vom Hofe zu Syrakus berichtet hat, fährt er in folgender Weise fort[9]): „Als ich (Platon) in den Peloponnes nach Olympia kam, traf ich daselbst den Dion, der bei den Festspielen zugegen war, und berichtete ihm was vorgefallen war". Die gleiche Nachricht findet sich auch bei Diogenes v. Laërte[10]), der sie aus Neanthes von Kyzikos hat. Um diese Zeit nun fallen die Olympien in die Jahre 364, 360, 356. Die Spiele von 364 können nicht gemeint sein, sonst bliebe für die zweite Reise Platons keine Zeit. Ebensowenig können es die vom Jahre 356 sein,

---

[1]) p. 348 B. u. ö.

[2]) p. 339 B.

[3]) p. 349 C.

[4]) p. 350 B.

[5]) p. 348 B u. ö.

[6]) Dion c. 32.

[7]) Karsten a. a. O. p. 142.

[8]) Er kennt z. B. nicht den Historiker Philistos, das Haupt der Gegenpartei am Hofe Dionysios II. (Plut. Dion c. 11), erwähnt die beiden (oder den einen?) Mörder Dions, obwol er von ihnen spricht (p. 351 D) nicht namentlich, spricht von dem aus der platon. Apologie des Sokr. bekannten Leon von Salamis nur mittelst eines τὶς τῶν πολιτῶν (p. 324 E) und lässt auch den Sohn Dions (Hipparinos) unbenannt, trotzdem er dreimal (p. 345 C, 347 D) desselben gedenkt.

[9]) p. 350 B.

[10]) III, 25.

da Dion bereits 357 nach Sicilien übersetzte. Somit müssen es die Olympien vom Jahre 360 sein; und da dieses Fest in die Vollmondzeit zunächst der Sommersonnenwende fiel[1]), so muss Platon Ende Juni oder Anfang Juli, also im Monate Skirophorion des Jahres 360 v. Chr. = Ol. 105, 1 nach Olympia gekommen sein. — Einerseits zur Bestätigung der Richtigkeit dieser chronologischen Nachricht, andererseits zur genaueren Fixirung der Zeit von Platons Aufenthalt in Syrakus muss es uns sehr willkommen sein, wenn Plutarch berichtet[2]), dass nach der Ankunft Platons zu Syrakus einer von dessen Freunden, ein gewisser Helikon, eine Sonnenfinsternis vorausgesagt habe, die bald darauf wirklich eintrat. Diese Finsternis fällt auf den 12. Mai 361 v. Chr. und war in Syrakus (fast central und) um $3^h\ 40^m$ Nachmittag sichtbar[3]). Alles stimmt somit vortrefflich und es erhellt, dass Platon im Frühling des Jahres 361 nach Syrakus gekommen und sich ungefähr ein Jahr daselbst aufgehalten habe. Damit harmonirt auch die Nachricht des Briefes, dass Dionysios II. dem Philosophen den Vorschlag gemacht habe τὸν ἐνιαυτὸν τοῦτον hierzubleiben, εἰς δὲ ὥρας abzusegeln[4]); und an einer anderen Stelle[5]) heisst es, dass die Schiffe abfuhren und Platon nun wegen der vorgerückten Jahreszeit nicht mehr fort kommen konnte.

Bezüglich der Abreise Platons von Dionysios II. finden sich allerdings in der Darstellung unseres Briefes einige übrigens unbedeutende Abweichungen vom Berichte Plutarch's, worauf dieser Schriftsteller selbst aufmerksam macht[6]). Doch spricht die von Plutarch daselbst angeführte, sehr unwahrscheinlich klingende, weil Platons Charakter nicht angemessene Anekdote eher zu Gunsten der Glaubwürdigkeit unseres Briefes. Nach dieser Auseinandersetzung halten wir dafür, dass das Urteil Karstens[7]): „Ita perlustrata epistola apparet nihil fere in ea legi quod non plenius et accuratius ab aliis historicis proditum fuerit“, mindestens auf die Darstellung der dritten sicilischen Reise nicht angewendet werden darf; und auch für die beiden anderen Reisen erhalten wir von unserem Autor wenigstens Winke, die uns zeigen, in welche Zeit dieselben zu versetzen sind.

Weiter lässt sich unser Brief nicht als Quelle für Platons Biographie verwenden. Wir haben somit gesehen, dass man in jenen Fällen, wo Tatsachen aus dem Leben des Philosophen erwähnt werden, dem Epistolographen Glauben schenken kann. Nur dort wo der Verfasser darauf angewiesen ist, sich über die Motive der Unternehmungen Platons zu verbreiten, war er entweder nicht in der Lage authentische Nachrichten zu verwerten, oder es schien ihm passender und zweckentsprechender jene

---

[1]) Boeckh, zur Geschichte der Mondcyclen der Hellenen Leipzig 1855 I p. 16.
[2]) Dion c. 19.
[3]) G. Hofmann, Programm des k. k. Gymnasiums in Triest 1875 p. 56 f.
[4]) p. 346 C z. E.
[5]) p. 347 C z. E.
[6]) Dion c. 20 z. E.
[7]) a. a. O. p. 144.

Beweggründe nach seinem von apologetischer Tendenz geleiteten Sinne auszuführen, was indessen nicht ausschliesst, dass er doch mitunter einen Platons Geiste wol entsprechenden Gedanken gebracht hat. Demnach können wir nicht der Behauptung v. Stein's beipflichten „dass auch die ältesten der uns zugänglichen Berichte kaum eine andere Quelle für ihre biographischen Nachrichten besessen haben als die wir auch noch haben nämlich die Schriften Platons selbst"[1); und dass die geschichtliche Brauchbarkeit der Briefe auf eine sehr niedrige Stufe herabsinkt[2]). Das Urteil v. Stein's, der die ganze platonische Tradition für fabelhaft erklärt, kann in seiner Allgemeinheit nicht richtig sein. Das Alter des Briefes sammt den anderen angeführten Momenten sind doch Factoren, mit denen man auch rechnen muss. Man darf nicht solche Nachrichten für nichtig und unverbürgt erklären, die kaum ein Jahrhundert nach Platon mit solcher Bestimmtheit auftreten, Nachrichten die teils innere Wahrscheinlichkeit an sich tragen, teils von so vielen Späteren, denen gewiss noch reichlichere Quellen flossen, bestätiget werden. Dürfte man dies mit Recht tun, so wäre das eine traurige Erscheinung, wol geeignet den Forscher mit Betrübnis und mit Zweifel über den Wert so mancher Ueberlieferung zu erfüllen.

Cilli, am 1. Juni 1880.

A. Heinrich.

---

[1]) a. a. O. p. 177.
[2]) p. 190 Anm. 4 z. E.

SCHULNACHRICHTEN.

I. Personalstand des Lehrkörpers
und Verteilung der Lehrgegenstände am Schlusse des Schuljahres.

a) K. k. Direktor:

1. **Franz Svoboda**, Doktor der Philosophie, lehrte Griechisch VII., Psychologie VIII., 6 St. wöchentlich.

b) K. k. Professoren:

2. **Wenzel Marek**, Senior, lehrte Geschichte und Geographie I. II. V., Mathematik I. II., 17 St. wöchentlich.
3. **Johann Krušič**, Weltpriester und geistlicher Rat der Lavanter Diöcese, Exhortator für das ganze Gymnasium, lehrte Religion I.—VIII., 16 St. wöchentlich.
4. **Michael Žolgar** lehrte Slovenisch II.—VIII. und in der I. deutschen Abteilung, 18 St. wöchentlich.
5. **Albert Fietz** lehrte Griechisch III. IV., Deutsch VI. VIII., 15 St. wöchentlich.
6. **Johann P. Ploner** lehrte Latein I. V., Deutsch I., 17 St. wöchentlich.
7. **Adalbert Deschmann** lehrte Mathematik V.—VIII., Physik VII. VIII., Logik VII., 20 St. wöchentlich.

c) K. k. Gymnasiallehrer:

8. **Anton Mayr** lehrte Latein IV. VII., Deutsch IV. V., 16 St. wöchentlich.
9. **Johann Liesskounig** lehrte Latein II., Griechisch V., Deutsch II., 16 St. wöchentlich.
10. **Andreas Gubo** lehrte Deutsch VII., Geschichte und Geographie III. IV. VI. VII. VIII., 19 St. wöchentlich.
11. **Alfred Heinrich** lehrte Latein VI. VIII., Griechisch VIII., 16 St. wöchentlich.

d) **Supplenten:**

12. **Anton Kosi**, Lehramtskandidat, lehrte Latein III., Griechisch VI, Deutsch III., Slovenisch I. und in der II. deutschen Abteilung, 19 St. wöchentlich.

13. **Karl Schleifer**, Lehramtskandidat, lehrte Mathematik III. IV., Physik III. IV., Naturgeschichte I. II. V. VI., 19 St. wöchentlich.

e) **Nebenlehrer:**

14. **August Fischer**, Zeichenlehrer, lehrte Zeichnen 10 St. wöchentlich.

15. **August Tisch**, Lehrer an der Bürgerschule in Cilli, lehrte Turnen 8 St. wöchentlich.

16. **Franz Blümel**, Oberlehrer an der Knaben-Volksschule in Cilli, lehrte Gesang 4 St. wöchentlich.

II. Lehrverfassung.

1. Klasse.

Ordinarius Professor J o h a n n P. P l o n e r.

1. Religion. Die Lehre vom Glauben, von den Geboten und den Gnaden- mitteln, 2 Stunden wöchentlich.

2. Latein. Die fünf Deklinationen mit den betreffenden Genusregeln: die Adjektiva mit ihrer Komparation; die Pronomina; die Kardinalia und Ordinalia; die vier regelmässigen Konjugationen; die wich- tigeren Präpositionen und einige Konjunktionen mit ihrer Kon- struktion des Prädikatverbums im Kunjunktiv. Der Gebrauch des Infinitivs nach einigen besonders wichtigen Verben und adjek- tivischen Prädikatsausdrücken. Schriftliche Arbeiten nach Vor- schrift, Präparation auf die in Rožeks Uebungsbuche vorhandenen Uebungsstücke in regelmässigem Anschlusse an die Grammatik. 8 Stunden wöchentlich.

3. Deutsch. Die Deklination der Substantiva und Adjektiva; das attributive und prädikative Adjektivum; Apposition; Komparation; die Pronomina und Numeralia; Flexion der Verba; der einfach nackte und erweiterte Satz. Ausgewählte Lesestücke aus dem Lesebuche von Neumann und Gehlen unter steter Anwendung des behandelten Stoffes in der Grammatik; Uebungen im Vor- trage poetischer und prosaischer Stücke. Nacherzählen gelesener

Stücke. Orthographische Uebungen und schriftliche Arbeiten nach Vorschrift. 3 Stunden wöchentlich.

4. Slovenisch. Formenlehre. Die wichtigsten Lautgesetze in ihrer Anwendung auf die Flexionslehre und Orthographie. Sprachliche und sachliche Erklärung des Gelesenen. Vortragen kleinerer Lesestücke: Uebungen zur Befestigung der Kenntnis der Formenlehre; der einfache und erweiterte Satz. Die vorschriftsmässig gegebenen schriftlichen Schul- und Hausaufgaben wurden insbesondere auch zur Prüfung der orthographischen Sicherheit verwendet. 3 Stunden wöchentlich.

5. Geographie. I. Grundzüge der physikalischen Geographie, soweit dieselben zum Verständnisse der Karte notwendig sind. II. Beschreibung der Erdoberfläche mit Bezug auf ihre natürliche Beschaffenheit und die allgemeinen Scheidungen nach Völkern und Staaten. III. Fundamentalsätze der mathematischen Geographie. Kartenlesen und die Elemente des Kartenzeichnens. 3 Stunden wöchentlich.

6. Arithmetik. Im I. Semester: Vorbegriffe über ganze und gebrochene Zahlen, die 4 Species in ganzen Zahlen und Decimalbrüchen. — Im II. Semester: 1 Stunde Rechnen mit mehrnamigen Zahlen; abgekürztes Multiplicieren und Dividieren. 2 Stunden geometrische Anschauungslehre; Vorbegriffe über geometrische Grössen; Linien, Winkel und Dreiecke. 3 Stunden wöchentlich.

7. Naturgeschichte. Im I. Semester: Zoologie, Säugetiere. Im II. Semester: Die wirbellosen Tiere. 2 Stunden wöchentlich.

2. Klasse.

Ordinarius Gymnasiallehrer J o h a n n L i e s s k o u n i g.

1. Religion. Der Geist des katholischen Kultus. a) Die kirchlichen Personen, b) die kirchlichen Orte, c) die kirchlichen Geräte, d) die kirchlichen Handlungen, e) die kirchlichen Zeiten. 2 Stunden wöchentlich.

2. Latein. Unregelmässige Formenlehre. Gebrauch der Constructio acc. cum inf. Gebrauch der wichtigsten Konjunktionen. Das Wichtigste der Kasus- und Participiallehre. Beiderseitige Uebersetzung in die Grammatik einschlagender Lesestücke. Memorieren der Vokabeln und Präparation. Jede Woche eine Komposition, darunter einige Extemporalien, alle 14 Tage ein Hauspensum. 8 Stunden wöchentlich.

3. Deutsch. Wiederholung des einfachen Satzes und der Formenlehre. Zusammengesetzter Satz, Satzverbindungen, Satzgefüge. Verkür-

zungen. Praktische Uebungen im Zergliedern der Sätze etc. Lesen, Vortragen memorierter Lesestücke. Jede Woche eine orthographische Uebung, alle 14 Tage ein schriftlicher Aufsatz. 3 Stunden wöchentlich.

4. Slovenisch. Ergänzung der Formenlehre. Insbesondere wurde das Verbum ausführlich und im Verhältnis zum deutschen Zeitworte behandelt. Zusammengesetzter Satz. Interpunktion, Lesen, Vortragen, mündliche und schriftliche Uebungen. Hausarbeiten wie in der ersten Klasse mit verhältnissmässig erhöhten Anforderungen. 3 Stunden wöchentlich.

5. Geographie und Geschichte. A. Geographie 2 Stunden wöchentlich. Specielle Geographie von Asien und Afrika. Eingehende Beschreibung der Stromgebiete, stets an die Anschauung und Beschreibung der Karte geknüpft. Die 3 südlichen Halbinseln Europas; Skandinavien, Dänemark, England. Kartenzeichnen. — B. Geschichte, 2 Stunden wöchentlich. Uebersicht der Geschichte des Altertums. Am Schlusse Zusammenfassung des ganzen Stoffes.

6. Arithmetik. Im I. Semester: 2 Stunden Rechnen. Gemischte Brüche, einfache Verhältnisse und Proportionen. Regel de tri, wälsche Praktik und Schlussrechnung. 1 Stunde Anschauungslehre: Grössenbestimmung der Drei-, Vier- und Vielecke. Verwandlung und Teilung der Figuren. Im II. Semester 1 Stunde Rechnen: Münz-, Mass- und Gewichtskunde, 2 Stunden Anschauungslehre. Aehnlichkeit der Figuren, der pythagoräische Lehrsatz. 3 Stunden wöchentlich.

7. Naturgeschichte. Im I. Semester: Vögel, Reptilien, Amphibien, Fische. Im II. Semester: Botanik. 2 Stunden wöchentlich.

3. Klasse.

Ordinarius Supplent A n t o n K o s i.

1. Religion. Die Geschichte der göttlichen Offenbarung des alten Bundes. 2 Stunden wöchentlich.

2. Latein. Grammatik, Kasuslehre im I. Semester wöchentlich 3, im II. Semester 2 Stunden, verbunden mit Uebersetzungen entsprechender Lesestücke aus Rožek's Uebungsbuche. 3—4 Stunden wöchentliche Lektüre aus Memorabilia Alexandri Magni v. K. Schmidt und O. Gehlen. Im ersten Semester jede Woche, im zweiten Semester alle 14 Tage eine häusliche, und alle drei Wochen eine Schulaufgabe. 6 Stunden wöchentlich.

3. Griechisch. Regelmässige Formenlehre bis zu den Passivformen. Uebersetzung der entsprechenden Lesestücke aus Schenkls Elementarbuche. Im II. Semester alle 14 Tage ein Pensum, alle 4 Wochen eine Komposition. 5 Stunden wöchentlich.

4. **Deutsch.** Lektüre mit sprachlichen und sachlichen Erklärungen. Der mehrfach zusammengesetzte Satz und die Periode, Wortbildungslehre, dann Wiederholung der ganzen Satzlehre. Uebungen im Vortrag memorierter Lesestücke und leichtere schriftliche Aufsätze. Alle 2 Wochen eine häusliche Arbeit oder eine Schulaufgabe. 3 Stunden wöchentlich.

5. **Slovenisch.** Gebrauch des Verbums mit besonderer Bedachtnahme auf den Gebrauch von Tempus und Modus, auf die wichtigsten, diesen Gebrauch begleitenden Gesetze in Bezug auf das Verbum perfectivum und imperfectivum. Das Wichtigste der Wortbildungslehre. Lesen, Vortragen und schriftliche Aufsätze wie in den vorigen Klassen. 2 Stunden wöchentlich.

6. **Geographie und Geschichte.** A. Geographie 2 Stunden wöchentlich. Specielle Geographie des übrigen Europa (mit Ausnahme der österreichisch-ungarischen Monarchie), Amerikas und Australiens; Kartenzeichnen. — B. Geschichte, 1 Stunde wöchentlich. Uebersicht der Geschichte des Mittelalters; am Schlusse Rekapitulation derselben mit Hervorhebung ihrer Beziehungen zur Geschichte der Länder der österreichischen Monarchie.

7. **Mathematik.** Algebra. Die 4 Species in allgemeinen Zahlen und einfache Fälle des Gebrauches der Klammern, Potenzieren. Quadrat- und Kubikwurzel. Anschauungslehre: Der Kreis mit den Konstructionen in und um denselben; seine Inhalts- und Umfangsberechnung. Ellipse, Parabel und Hyperbel. 3 Stunden wöchentlich.

8. **Naturwissenschaften.** Im I. Semester: Mineralogie mit Einbeziehung der chemischen Grundbegriffe. Im II. Semester: Physik, allgemeine und besondere Eigenschaften der Körper. Aggregationszustände, Wärmelehre, Chemie. 2 Stunden wöchentlich.

4. Klasse.

Ordinarius Gymnasiallehrer **A n t o n   M a y r.**

1. **Religion.** Geschichte der göttlichen Offenbarung des neuen Bundes. 2 Stunden wöchentlich.

2. **Latein.** Grammatik. 2 Stunden wöchentlich. Wiederholung der Kasuslehre, dann Tempus- und Moduslehre. Prosodie und Metrik. Uebersetzung der entsprechenden Lesestücke aus Rožeks Uebungsbuche. — Lektüre: Caesar de bello Gallico ed Hoffmann, lib. I. II. VI. Ausgewählte Stücke aus Rožek's Chrestomathie. Jede Woche ein Pensum, alle 3 Wochen eine Komposition. 6 Stunden wöchentlich.

3. **Griechisch.** Wiederholung der bisher durchgenommenen Formenlehre; Verba in μι, unregelmässige Verba in ω. Uebersetzungen der

entsprechenden Lesestücke aus Schenkls Elementarbuche. Alle 14 Tage ein Pensum, alle 4 Wochen eine Komposition. 4 Stunden wöchentlich.

4. **Deutsch.** Lektüre, sachliche und sprachliche Erklärung des Gelesenen. Uebungen im Vortragen poetischer und prosaischer Stücke. Wiederholung der Formen- und Satzlehre. Theorie der deutschen Vers- und Tropenlehre; Uebungen im Geschäftsstile; alle 14 Tage eine Aufgabe. 3 Stunden wöchentlich.

5. **Slovenisch.** Bedeutung der verbalen Wortformen. Lektüre; sprachliche, sachliche und stilistische Erklärung des Gelesenen. Vortrag von prosaischen und poetischen Abschnitten und das Wesentliche aus der Verslehre. Schriftliche Aufgaben mit steigenden Ansprüchen auf freie Bearbeitung; ausserdem auch die Formen der gewöhnlichen Geschäftsaufsätze. 2 Stunden wöchentlich.

6. **Geschichte und Geographie.** Im I. Semester: Geschichte 4 Stunden wöchentlich. Uebersicht der Neuzeit mit steter Hervorhebung jener Begebenheiten und Persönlichkeiten, welche für die Geschichte des habsburgischen Gesammtstaates eine besondere Wichtigkeit besitzen. — Im II. Semester: Geschichte und Geographie der österr.-ungar. Monarchie. Kartenzeichnen. 4 Stunden wöchentlich.

7. **Mathematik.** Algebra. Zusammengesetzte Verhältnisse mit Anwendung von Proportionen, Gesellschafts- und Mischungsrechnung, Kettensatz etc. Gleichungen des ersten Grades mit einer oder zwei Unbekannten. Zinseszins-Rechnung. Stereometrische Anschauung. Lage von Linien und Ebenen gegen einander, Körperwinkel, Hauptarten der Körper, ihre Gestalt, Grössenbestimmung. 3 Stunden wöchentlich.

8. **Physik.** Gleichgewicht und Bewegung. Akustik, Optik, Magnetismus und Elektricität. 3 Stunden wöchentlich.

5. Klasse.

Ordinarius Professor W e n z e l M a r e k.

1. **Religion.** Die allgemeine katholische Glaubenslehre und die Lehre von der Kirche. 2 Stunden wöchentlich.

2. **Latein.** Livius ed. Grysar. I. und XXI. c. 1—38. Ovid ed. Grysar. Metamorphosen. VI. 146—312, VIII. 260—545, XI. 85—193. Trist IV. 10. und V. 8. Ex Ponto I. 9. Fasti II. 195—242; VI. 419 —595. Privatlektüre, grammatisch-stilistische Uebungen jede Woche. Alle 14 Tage ein Pensum, alle 4 Wochen eine Komposition. 6 Stunden wöchentlich.

3. **Griechisch.** Xenophons Anabasis nach Schenkls Chrestomathie Nr. I. II. und III. Cyropaedie Nr. III. IV. Homer, Ilias ed. Hochegger. I. und VI. bis v. 300. Als Privatlektüre Hom. Ilias VI. v. 300 bis Ende. Grammatische Uebungen und zwar der Gebrauch des Artikels, die Kasuslehre, Gebrauch der Präpositionen und des Pronomen, eine Stunde wöchentlich unter Zugrundelegung des griechischen Elementarbuches von Hintner. — Alle 4 Wochen eine an das Gelesene sich anschliessende Schularbeit, bisweilen eine Hausaufgabe. Wöchentlich 5 Stunden.

4. **Deutsch.** Grundzüge der deutschen Metrik. Aus der Poetik: Allgemeines über den Begriff der Literatur und ihre Gattungen: epische, lyrische, dramatische und didaktische Dichtung. Lektüre: Musterbeispiele aller behandelten Dichtungsgattungen mit sprachlichen und sachlichen Erklärungen. Uebungen im Vortrag memorierter Stücke. Alle 14 Tage ein Aufsatz. 2 Stunden wöchentlich.

5. **Slovenisch.** Lektüre und Erklärung von Musterstücken aus dem für diese Klasse bestimmten Lesebuche mit besonderer Berücksichtigung des syntaktischen Teiles. Vortragen memorierter Musterstücke. Alle 3 Wochen eine schriftliche Hausaufgabe, alle 4 Wochen eine Schularbeit. 2 Stunden wöchentlich.

6. **Geschichte.** Das Altertum mit steter Berücksichtigung der damit im Zusammenhange stehenden geographischen Daten. Am Schlusse Zusammenfassung des ganzen Lehrstoffes. 4 Stunden wöchentlich.

7. **Mathematik.** Wissenschaftliche Begründung des Zahlensystems, die 4 algebraischen Grundoperationen. Ableitung der negativen, irrationalen Grössen. Eigenschaft und Teilbarkeit der Zahlen. Lehre von den Brüchen. Lehre von den Proportionen sammt ihren Anwendungen. Geometrie: Longimetrie und Planimetrie. 4 Stunden wöchentlich.

8. **Naturgeschichte.** Im I. Semester: Mineralogie in Verbindung mit Geognosie. Im II. Semester: Botanik in Verbindung mit Paläontologie, — geographische Verbreitung der Pflanzen. 2 Stunden wöchentlich.

6. Klasse.

Ordinarius Gymnasiallehrer A l f r e d H e i n r i c h.

1. **Religion.** Die besondere katholische Glaubenslehre. 2 Stunden wöchentlich.

2. **Latein.** Sallustii bellum Jugurthinum edit: Linker, mit Auswahl; der Rest als Privatlektüre. — Vergil, Aeneid: ed. Hoffmann I. II. Georg. l. II. 136—176 und 458—540. Cicero: orat. I. in Catilinam und pro Archia poëta ed. Teubner, in Catilinam IV. als Privatlektüre. 1 Stunde grammatische Uebungen mit Uebersetzung

der einschlägigen Nr. aus Süpfle's Uebungsbuch I. Teil. Alle 14 Tage eine Haus-, alle 4 Wochen eine Schulaufgabe. 6 Stunden wöchentlich.

3. Griechisch. Homer Ilias: ed. Hochegger VII. X. XI. dann VI. als Privatlektüre. Herodot: ed. Wilhelm 1. VI. c. 1—28 VII. c. 1—30 VIII. die Geschichte der Schlacht bei Salamis IX. c. 1—40 als Privatlektüre. — 1 Stunde Grammatik: Hauptregeln der Tempus- und Moduslehre. Das Wichtigste von den Eigentümlichkeiten der Relativsätze, von den Fragesätzen und Negationen nach Curtius mit Uebersetzung der betreffenden Beispiele aus Hintners Elementarbuche. — Monatlich eine Schul- bisweilen eine Hausarbeit. 5 Stunden wöchentlich.

4. Deutsch. Abschluss der Poetik, (Drama, Didaktik). Die Grundzüge der Stilistik mit erläuternden Beispielen nach Egger I. Literaturgeschichte nach Eggers Lehrbuch II. bis zum deutsch-orientalischen Sagenkreise. Lektüre von Schillers Jungfrau von Orleans und Körners Zriny. Deklamationsübungen. Alle 14 Tage ein Aufsatz. 3 Stunden wöchentlich.

5. Slovenisch. Lektüre und Erklärung von ausgewälten Musterstücken aus dem für diese Klasse bestimmten Lesebuche mit Wiederholung der Grammatik. Uebung im Vortrag memorierter Lesestücke. Alle 3 Wochen eine Hausaufgabe, alle 4 Wochen eine Schularbeit. 2 Stunden wöchentlich.

6. Geschichte. Das Mittelalter mit fortwährender Berücksichtigung der hiemit im Zusammenhange stehenden geographischen Daten und der österreichischen Verhältnisse. Am Schlusse Rekapitulation. 3 Stunden wöchentlich.

7. Mathematik. Algebra: Potenzen, Wurzeln, Logarithmen. Bestimmte Gleichungen des ersten Grades mit einer oder mehreren Unbekannten. Geometrie: Stereometrie und Trigonometrie. 3 Stunden wöchentl.

8. Naturgeschichte. Zoologie in enger Verbindung mit Paläontologie, geographische Verbreitung der Tiere. 2 Stunden wöchentlich.

7. Klasse.

Ordinarius Gymnasiallehrer A n d r e a s G u b o.

1. Religion. Die katholische Sittenlehre. 2 Stunden wöchentlich.

2. Latein. Cicero pro Milone, ed. Teubner; pro imperio Cn. Pompei als Privatlektüre. Vergil Aeneis edit. Hoffmann lib. IV. V. VI. Wöchentl. 1 Stunde grammatisch-stilistische Uebungen. Alle 14 Tage ein Pensum; jeden Monat eine Komposition. 5 Stunden wöchentlich.

3. Griechisch. Demosthenes ed. Pauly. III. Philipp. Rede und über Halonnesos; Homer Ilias ed. Hochegger XVIII., XIX. Odyssee edit.

Pauly lib. I. II. VI. Privatlektüre Demosthenes Olynth I. II. und Odyssee V. VII. Alle 14 Tage 1 Stunde grammatische Uebungen. Monatlich eine Schularbeit. 4 Stunden wöchentlich.

4. Deutsch. Abriss der deutschen Literaturgeschichte von der althochd. Zeit bis auf Klopstock im Zusammenhang mit der Lektüre von Literaturproben. Lektüre von Schillers die Piccolomini, Wallensteins Tod und Lessings Minna von Barnhelm. Vortragsübungen. Alle 14 Tage ein Aufsatz. 3 Stunden wöchentlich.

5. Slovenisch. Lektüre und Erklärung des Wertvollsten und Charakteristischen aus der National-Litteratur von Vodnik an. Unterschiede des Serbokroatischen und Neuslovenischen. Wiederholung der Grammatik namentlich des Wichtigeren und Schwierigeren, Hinzufügung des Nötigen über feinere Beziehungen nach den bei der Lektüre und den schriftlichen Uebungen sich darbietenden Anlässen. Alle 3 Wochen eine Hausaufgabe und monatlich eine Schularbeit. 2 Stunden wöchentlich.

6. Geschichte. Die Geschichte der neuen und neuesten Zeit mit fortwährender Berücksichtigung der damit in Zusammenhang stehenden geographischen Daten und der Entwicklung Oesterreichs. 3 Stunden wöchentlich.

7. Mathematik. Algebra : Unbestimmte Gleichungen. Quadratgleichungen mit einer oder mehreren Unbekannten. Exponentialgleichungen. Progressionen und Zinsenberechnung. Kombinationen und binomischer Lehrsatz. — Geometrie : Anwendung der Algebra auf die Geometrie, analytische Geometrie in der Ebene. Kegelschnittlinien. 3 Stunden wöchentlich.

8. Physik. Allgemeine Eigenschaften der Körper, chemische Verbindung. Gleichgewicht und Bewegung, Wellenlehre. 2 Stunden wöchentl.

9. Philosophische Propaedeutik. Formale Logik. 2 Stunden wöchentlich.

8. Klasse.

Ordinarius Professor A d a l b e r t D e s c h m a n n.

1. Religion. Die Geschichte der christlichen Kirche. 2 Stunden wöchentlich.

2. Latein. Horatius edit. Linker, Carm. lib. I.—III. mit Auswahl: epod. 2, 3 13, Sermon. l. I. 1 und 5, l. II., 8. Epist. l. I, 7. Tacitus ed. Capellmann. Germania; edit. Teubner, Annales l. I. Privatlektüre Agricola. Wöchentlich 1 Stunde stilistische Uebungen aus Süpfles Uebungsbuch II. Teil. Alle 14 Tage ein Hauspensum, alle 4 Wochen eine Komposition. 5 Stunden wöchentlich.

3. Griechisch. Platon Menon. Sophokles Antigone. Homer Ilias XXIV. Odyss. XXI. et XXII. Privatlektüre Platon Apologie. Alle

14 Tage eine Stunde grammatische Uebungen. Monatlich eine schriftliche Aufgabe. 5 Stunden wöchentlich.

4. **Deutsch.** Literaturgeschichte von Wieland bis zu Goethes Tode mit besonderer Rücksicht auf Lessing, Schiller und Goethe. Lektüre: Schillers Braut von Messina und Wallenstein und Goethes Iphigenie, ästhetisch und literarhistorisch erläutert; besonders charakteristische Abschnitte aus anderen klassischen Werken Schillers und Goethes, sowie jenen Lessings. Redeübungen. Monatlich ein Haus-, zuweilen ein Schulaufsatz. 3 Stunden wöchentlich.

5. **Slovenisch.** Das Wesentlichste aus der altslovenischen Laut- nnd Formenlehre mit steter Rücksicht auf das Neuslovenische. Gedrängte Uebersicht der Literaturgeschichte. Redeübungen. Alle 3 Wochen eine Haus- und alle 4 Wochen eine Schulaufgabe. 2 Stunden wöchentlich.

6. **Geschichte.** I. Semester: Geschichte der österreichisch-ungarischen Monarchie; wiederholende Hervorhebung ihrer Beziehungen zu der Geschichte der Nachbarländer; Skizze der wichtigsten Tatsachen aus der inneren Entwicklung des Kaiserstaates. — II. Semester: Eingehende Schilderung der wichtigsten Tatsachen über Land und Leute, Verfassung und Verwaltung. Produktion und Kultur der österreichisch-ungarischen Monarchie mit steter Vergleichung der heimischen Verhältnisse und derjenigen anderer Staaten, namentlich der europäischen Grosstaaten. 3 Stunden wöchentlich.

7. **Mathematik.** Uebungen im Lösen mathematischer Probleme. Zusammenfassende Wiederholung des mathematischen Lehrstoffes. 2 Stunden wöchentlich.

8. **Physik.** Magnetismus, Elektricität, Akustik, Wärme, Optik, Anfangsgründe der Astronomie und Meteorologie. 3 Stunden wöchentlich.

9. **Philosophische Propaedeutik.** Empirische Psychologie. 2 Stunden wöchentl.

III. Lehrbücher.

Gegenstand	Klasse	Lehrbuch
Religion	I.	Regensburger Katechismus.
	II.	Lehrbuch der kath. Liturgik von F. Fischer.
	III.	Geschichte der Offenbarung des A. T. (bei Bellmann Prag).
	IV.	Geschichte der Offenbarung des N. T. (bei Bellmann Prag).

Gegenstand	Klasse	Lehrbuch
Religion	V. VI. VII.	Lehrbuch der kath. Religion von Dr. Konrad Martin 1.—3. T.
	VIII.	Geschichte der christlichen Kirche von Dr. Robitseh.
Lateinische Sprache	I.—VIII.	Lat. Sprachlehre von K. Schmidt.
	I. II.	Lat. Lesebuch und Wörterverzeichnis von Alex. Rožek. 1. u. 2. T.
	III. IV.	Lat. Beispiele und Aufgabensamml. von A. Rožek 1. u. 2 T.
	V.—VIII.	Aufgaben zu lat. Stilübungen 1. u. 2. T. von Süpfle.
Griechische Sprache	III.—VIII.	Griech. Schulgrammatik von Curtius.
	III. IV. V.	Griech. Elementarbuch von Dr. Schenkl.
	VI.	Griech. Elementarbuch von V. Hintner.
	VII. VIII.	Griech. Uebungsbuch für das Obergymnasium von Dr. Schenkl.
Deutsche Sprache	I. II. III. IV.	Deutsche Grammatik von A. Heinrich.
	I.—IV.	Deutsches Lesebuch von Neumann u. Gehlen 1.-4. Bd.
	V.—VIII.	Deutsches Lehr- und Lesebuch von Dr. Egger 1. u. 2. T.
Slovenische Sprache	I.—VIII.	Slovenska Slovnica von Anton Janežic.
	I.—VI.	Cvetnik 1—3 del von Anton Janežic.
	VII. VIII.	Berilo von Miklošič.
	I.—VIII.	Slovenisches Sprach- und Uebungsbuch von Janežic für Schüler mit deutscher Muttersprache.
Geographie und Geschichte	I. II. III. IV. V.	Lehrbuch der Geographie von Supan.
	VI.—VIII.	Leitfaden für den geographischen Unterricht von Dr. Klun.
	II. III.	Lehrbuch der Geschichte von A. Gindely 1. u. 2. Bd.
	IV.	Lehrbuch der Geschichte von Dr. Hannak. 3. Bd.
	IV. VIII.	Vaterlandskunde v. Dr. Hannak f. Unter- u. Oberstufe.
	V.—VII.	Lehrbuch der allgemeinen Geschichte von A. Gindely 1.—3. Bd.
Mathematik	I.—IV.	Lehrbuch der Arithmetik u. geometr. Anschauungslehre von Dr. Močnik 1. u. 2. T.
	V.—VIII.	Algebra von Dr. Močnik.
	V. VI.	Planimetrie, Stereometrie u. Trigonometrie von Dr. Wiegand.
	VII. VIII.	Lehrbuch der Geometrie von Dr. Močnik.

Gegenstand	Klasse	Lehrbuch
Naturgesch.	I.—III.	Naturgesch. der drei Naturreiche von Dr. Pokorny.
	V.	Leitfaden der Mineralogie von Dr. Kenngott.
		Botanik von Dr. Wretschko.
	VI.	Leitfaden der Zoologie von Dr. Schmidt.
Naturlehre	III. IV.	Anfangsgründe der Naturlehre von Dr. Krist.
	VII. VIII.	Lehrbuch der Physik für das Obergymnasium von Dr. Handl.
Philosoph.	VII.	Lehrbuch der Logik von Dr. Lindner.
Propädeutik	VIII.	Lehrbuch der Psychologie von Dr. Lindner.

A n m e r k u n g. Die Ausgaben der altklassischen Autoren sind im Lehr-
plane der betreffenden Klassen angeführt. Von den angeführten
Lehrbüchern wurden meist die approbierten letzten Auflagen
benützt, von den früheren Auflagen nur die von der Schulbehörde
zugelassenen.

IV. a) Themata zu den deutschen Aufsätzen im Ober-Gymnasium.

5. Klasse.

1. Klein Roland. Nach L. Uhlands gleichnamigem Gedichte. — 2. Die
sittlichen Wirkungen des Ackerbaues. — 3. Sagunts Einnahme. Nach Livius.
— 4. Wert der Zeit. — 5. Warum darf der Steirer auf sein engeres Vaterland stolz sein? — 6. Bescheidenheit ziert den Jüngling. — 7. Rüdiger,
das Ideal eines mittelalterlichen Gastwirtes. — 8. Der Geizige, eine Cha-
rakterschilderung. — 9. Gold und Eisen. 10. Warum ist der Frühling die
schönste Jahreszeit? — 11. Inhalt und Erklärung von Goethes Gedicht:
Grenzen der Menschheit. — 12. Bedeutung der Eisenbahnen. — 13. Der
Nutzen des Holzes. — 14. Was bedarf der Mensch um glücklich zu sein?
15. Was macht das landschaftliche Bild um Cilli so reizend? — 16. Wert
der Geschichte.   A n t o n M a y r.

6. Klasse.

1. Die Kapelle auf Rhodus (nach Schillers „Kampf mit dem Drachen").
— 2. a) Angabe des Inhaltes der „Novelle" von Goethe. b) Die Burgruine
(nach Goethes „Novelle"). c) Der Ritter in Schillers „Kampf mit dem Drachen"
(Charakteristik). — 3. Im Vaterlande sind die starken Wurzeln unserer
Kraft (nach Schiller). — 4. Welchen Nutzen gewähren uns gute Bücher?

— 5. Der Winter, ein Bild des Greisenalters. — 6. Welche Stellung gewann das Papsttum gegenüber dem Kaisertum im Investiturstreit? — 7. Der Zustand Frankreichs vor dem Auftreten der Jungfrau von Orleans (nach Schiller). — 8. Die Geschichte der Jungfrau von Orleans vor ihrem Erscheinen auf dem Kriegsschauplatze (nach Schiller). — 9. Das Meer in seiner Wichtigkeit für die Kultur und das Leben der Menschen. — 10. Inhalt und Deutung von Schillers Parabel: „Pegasus im Joche“. —

> Willst du, dass wir mit hinein
> In das Haus dich bauen —
> Lass es dir gefallen, Stein,
> Dass wir dich behauen.   (Rückert.)

12. Ohne Rast und ohne Hast. — Nemo ante mortem beatus (Chrie). — 14. Zriny und Leonidas (hist. Parallele). — 15. Die Ströme sind Kulturadern der Erde. — 16. Viribus unitis.

Albert Fietz.

7. Klasse.

1. Bedeutung der Entdeckungen zu Beginn der Neuzeit. — 2. „Welle kommt und Welle geht, — doch der Strom allein besteht“. (Grillparzer.) — 3. Einfluss des Christentums auf die althochd. Literatur. — 4. Warum nennt man Oesterreich den Donaustaat? — 5. Ueber die Politik der französischen Könige im 16. Jahrhundert. (Auf Grund des geschichtlichen Vortrags.) — 6. Clodius und Milo nach Ciceros „pro Milone“. — 7. Welchen Anteil hat Oesterreich an der Epik des ausgehenden 12. und des 13. Jahrhunderts? — 8. Was fesselt Piccolomini an Wallenstein? (Nach Schillers „die Piccolomini“). — 9. „Was Gut und Böses wird vernommen — Ist von der Zunge meist gekommen.“ (Freidanks Bescheidenheit). — 10. Welchen Einfluss nehmen Gebirge auf Charakter und Lebensweise der Bewohner? — 11. Bedeutung Luthers für die deutsche Literatur. — 12. „Wol darfst du stolz und freudig, Austria, dein Haupt erheben — Durch der fernsten Zeiten Nebel wird dein Schild noch glänzend schweben!“ (Anast. Grün.) — 13. Wodurch ist Napoleon Bonaparte emporgekommen? — 14. Nutzen des Studiums der Chemie. — 15. Was ist von dem Spruche zu halten: „Man lebt nur einmal.“ — 16. Wallensteins Verirrung und Fall nach Schiller. — 17. Charakter und Hauptvertreter der deutschen Literatur im 17. Jahrhunderte.

Andreas Gubo.

8. Klasse.

1. Wesshalb ist besonders Italien für uns das Land der Sehnsucht? — 2. Lessings Polemik gegen Voltaires „Semiramis“. — 3. Welches sind die Bande, die uns an's Vaterland knüpfen? — 4. Ich schätze den, der tapfer ist und grad (Chrie. Goethes „Iphigenie auf Tauris“). — 5. Worin besteht der Wert des Theaters? — 6. Die Elektricität im Dienste des Menschen. — 7. Siegfried und Achilles (Parallele). — 8. Bedeutung des

Meeres im Haushalte der Natur. — 9. Warum gereicht dem Unglücklichen fremdes Leiden zum Troste? — 10. Orestes und Pylades (vergleichende Charakteristik nach Goethes Iphig.) — 11. Wallenstein und Caesar (histor. Parallele). — 12. Wodurch werden grosse und glücklich bestandene Gefahren die höchste Wohltat für die Völker? — 13. Die Fabel in Schillers „Braut von Messina". — 14. Das antike und moderne Theater (vergleichende Gegenüberstellung). — 15. Die Bedeutung der Donau für Oesterreich. —

16. Der Oesterreicher hat ein Vaterland,
Und liebts, und hat auch Ursach es zu lieben.

(Schiller. Maturitäts-Prüfungs-Arbeit.) —

Ausserdem wurden von den Schülern über die folgenden von ihnen selbst gewählten Themen freie Vorträge gehalten: 1. „Dante's „Divina Commedia". — 2. Shakespeares Leben und sein Julius Caesar. — 3. Rudolf und Ottokar (histor. Erzählung). — 4. Maria Theresia. — 5. Bedeutung der Reformen Josefs II. — 6. Goethes Hermann und Dorothea und Vossens Luise (Parallele). — 7. Entwicklung und Förderung der Musik in Oesterreich. — 8. Uhland. — 9. Die französischen Klassiker. — 10. Grillparzer. — 11. Anastasius Grün. — 12. Joh. Gabr. Seidl. — 13. Die Dichter der Steiermark, mit besonderer Rücksicht auf Rosegger. —

Albert Fietz.

b) Themata zu den slovenischen Aufsätzen.

V. Classe.

1. Tergatev, popis. — 2. Važnejši dogodki mojih počitnic. — 3. Gozd v jeseni, opis. — 4. Legenda, po Cvetniku. — 5. Kako se imamo proti prijateljem obnašati? — 6. Rojenice, po Cvetniku. — 7. Mesec podoba našega življenja. — 8. Kako veselje vživamo po zimi? — 9. Pravljica iz domačega kraja. — 10. Kirove priprave k vojski, po Ksenofontu. — 11. Mlada Breda, po narodni pesmi. — 12. Prevod iz Homerjeve Iliade I. 1—22. — 13. Ubežni kralj. — 14. Pomladanski sprehod, opis. — 15. Hasan Kizlaraga, po Cvetniku. — 16. Ktere dobrote imamo od vode?

VI. Classe.

1. Kake misli nahajamo v pesmi „V spomin Vodniku?" — 2. Razvaline celjskega gradu. — 3. Jezenska podoba narave. — 4. Zaničevavcem pevcev, po pesmi. — 5. Prevod iz Sall. Jug. 10. pogl. — 6. O važnosti reda. — 7. Po hudi tovaršiji rada glava boli. — 8. Spomin na domače kraje. — 9. Pripovedka iz domačega kraja. — 10. Ljudski shodi v svojem upljivu na razširjevanje omike in umetnosti. — 11. Plava še labod venuzijski v časa jezeru, po pesmi „Vekovitost človeških del". — 12. Navadne podobe našega življenja. — 13. Kakor seješ, tako ženješ. — 14. Pregled 7. speva Homerjeve Iliade. — 15. Kdor zaničuje se sam, podlaga je tujčevi peti. — 16. Mlad lenuh, star berač.

VII. Classe.

1. Navada ima železno srajco. — 2. Bertranova naloga v predigri Device Orleanske. — 3. Korist in škoda vetrov. — 4. Jovanino slovo. — 5. Kako pospešuje tiskarija omiko? — 6. Narodne pripovedi in pravljice, vaja v serbsko-hrovaškem narečji. — 7. Dvignite serčno zaklad slovenskega dlana in uma! — 8. Kake nasledke so imele križarske vojske? — 9. Papir, čertica zgodovine človeške omike. — 10. Pogled v naravo povzdiguje in ponižuje človeka. — 11. Ogenj dobro služi, pa hudo gospodari. — 12. Oznanovalcem spomladi! — 13. Koristi potovanja. — 14. Prevod iz Virg. En. III. 575 — 609. — 15. Iz malega rase veliko. — 16. Up in strah.

VIII. Classe.

1. Blagor mu, ki se trudi za blagor domovine. 2. — Predmet po volji za prednašanje. — Spomini na otročja leta. — Poterpljenje prebije železne duri, govor v tolažbo. — 5. Zakaj moramo postavam pokorni biti? — 6. Potovanje vode. — 7. Spoštuj starost! — 8. Kako si človek bogastvo v prid ali škodo obrača? — 9. Zlato skušamo v ognji, prave prijatelje pa v nesreči. — 12. Lenuh sam sebi čas krade. — 13. Upljiv pesništva na odgojo človeštva. — 14. Ahilejev ščit, po Hom. Ilid. 18. spev. — 15. Povej mi, s kom se pajdašiš, in povem ti, kdo si. — 16. Kako navstajajo navadno razpertije med ljudmi? M. Žolgar.

V. Freie Lehrgegenstände.

1. Zeichnen.

Das Zeichnen wurde in 3 Abteilungen erteilt. I. Abteilung (für die Schüler der 1. Classe) 4 Stunden wöchentlich. Es nahmen im I. Semester 42, im II. Semester 31 Schüler an dem Unterrichte teil. Das Zeichnen wurde nach folgendem Plane gelehrt. Zeichnen nach ebenen geometrischen Gebilden bis zum geometrischen Ornament und den Elementen des Flächenornamentes fortschreitend nach Vorzeichnungen an der Tafel, denen die nötigen Erklärungen beigefügt wurden. Alle Zeichnungen wurden mit freier Hand mit Bleistift oder mit Feder und Tinte ausgeführt. Dem theoretischen Unterrichte der Formenlehre wurde im 1. Semester 1 Stunde wöchentlich, im 2. Semester 1 Stunde in der Regel alle 14 Tage gewidmet. — II. Abteilung (für Schüler der 2. Classe) 4 Stunden wöchentlich. Es nahmen im 1. Semester 28, im 2. Semester 23 Schüler daran teil. Beginn des Unterrichtes mit den einleitenden Erklärungen aus der Perspektive an der Hand der betreffenden Apparate. Zeichnen nach Drahtmodellen. Sonach zeichneten die Schüler nach vorausgehender Erklärung der Beleuchtungserscheinungen, in 2 Gruppen gesondert, abwechselnd nach Holzmodellen und nach dem Flachornamente, welches auf der Tafel vorgezeichnet wurde. Die

Zeichnungen wurden teils mit der Feder ausgezogen, teils mit dem Bleistift ausgeführt. — III. Abteilung (für Schüler der übrigen Klassen.) Es nahmen im I. Semester 31, im II. Semester 32 Schüler teil. 2 Stunden wöchentlich. Fortsetzung des Zeichnens nach dem Flachornamente (Vorlage). Erklärung der Farbenlehre nach polychromen Ornamenten mit Pinsel und Farbe. Modellzeichnen nach den architektonischen Formen (Holzmodelle) und nach dem plastischen Ornamente (Gypsmodelle). Sodann Zeichnen der Regelköpfe zuerst nach Reliefköpfen, hierauf nach runden Köpfen (Gypsmodellen). Diese Zeichnungen nach dem Modelle wurden mit der Kreide ausgeführt.

2. Turnen.

Der Turnunterricht wurde in 4 Abteilungen zu je 2 wöchentlichen Stunden erteilt, u. zw. :

1. Abteilung für die Schüler der 1. Klasse ; Schülerzahl am Schlusse des Schuljahres 43.

2. Abteilung für Schüler der 2. Klasse ; Schülerzahl 36.

3. Abteilung für Schüler der 3. und 4. Klasse ; Schülerzahl 31.

4. Abteilung für Schüler des Ober-Gymnasiums ; Schülerzahl am Schlusse 21, daher zusammen 131 Schüler.

In den drei ersten Abteilungen wurde der Unterricht nach Spiess'scher Methode erteilt. Die Schüler des Ober-Gymnasiums turnten in 2 Riegen mit verschiedenem Uebungsstoffe, der mit Rücksicht auf die Verschiedenheit der Turnfertigkeit bestimmt wurde.

3. Gesang.

Der Gesangunterricht wurde in drei Abteilungen erteilt, u. zw.

1. Abteilung (Schüler der 1. Klasse) ; Schülerzahl 44, eine Stunde wöchentlich. In dieser Abteilung wurden im I. Semester das Notensystem, die Skalen und Intervalle und einige leichte Uebungsstücke vorgenommen. — Im II. Semester wurde die Intervallenlehre bis zu den Quinten mit entsprechenden Uebungen fortgesetzt.

2. Abteilung (Schüler der 2. und 3. Klasse) ; Schülerzahl 34, ebenfalls 1 Stunde wöchentlich. In dieser Abteilung wurden im I. Semester das Wichtigste aus der Intervallenlehre und passende Uebungsstücke vorgenommen. Im II. Semester wurden diese Uebungen fortgesetzt und zum Schlusse mehrere zweistimmige Lieder kirchlichen und weltlichen Inhaltes eingeübt.

3. Abteilung (Schüler der 3. und 4. Klasse und des Ober-Gymnasiums) ; Schülerzahl 35. 2 Stunden wöchentlich. In dieser Abteilung wurde im I. Semester das Wesentliche aus der Intervallenlehre, sowie passende Uebungsstücke und Treffübungen in den verschiedenen Tonarten und mehrere vierstimmige Lieder und Chöre eingeübt. — Im II. Semester fortgesetzte Uebung im mehrstimmigen Gesang durch Einübung verschiedener vierstimmiger Männer-Chöre kirchlichen und weltlichen Inhaltes.

4. Slovenische Sprache

für Schüler mit deutscher Muttersprache.

1. Abteilung wöchentlich 3 Stunden, Schülerzahl 13. Der Unterricht erstreckte sich auf die regelmässige Formenlehre des Substantivs, Adjektivs, Pronomens, Numerale und auf die Hauptformen des Verbums und die Präpositionen. Alle Regeln wurden an den betreffenden Uebungsstücken des Lehrbuches nach früherer Memorierung der Vokabeln eingeübt. Schriftliche Aufgaben nach Vorschrift.

2. Abteilung. An diesem Unterrichte, der in 2 Stunden wöchentlich erteilt wurde, nahmen im I. Semester 12, im II. Semester 8 Schüler teil. Der Unterricht umfasste die Wiederholung der regelmässigen Formenlehre und das Wichtigste aus der Kasus- und Wortbildungslehre. Die Einübung dieses Lehrstoffes erfolgte an den betreffenden Uebungsstücken des Lehrbuches. Memorieren der Vokabeln. Nacherzählen gelesener Stücke. Monatlich eine Haus- und eine Schularbeit.

5. Steiermärkische Geschichte.

Der Unterricht in diesem Gegenstande, welchen die Mehrzahl der Schüler der IV. Klasse besuchte, wurde im zweiten Semester in zwei wöchentlichen Lehrstunden von dem Fachlehrer Andreas Gubo erteilt.

Der am 8. Juli unter dem Vorsitze des Direktors vorgenommenen Preisprüfung unterzogen sich die Quartaner Franz Hajdenek, Johann Krančič, Ernst Graf Montecuccoli, Eugen Riedl und Heinrich Spohn. Von der Prüfungskommission, in welche ausser dem Fachlehrer auch die Professoren Wenzel Marek und Johann Krušic berufen waren, wurden die Leistungen der Schüler Franz Hajdenek und Heinrich Spohn für die besten erklärt und denselben die vom h. steierm. Landesausschusse zu diesem Zwecke gespendeten zwei silbernen Preismedaillen zuerkannt. Aber auch die Leistung des Quartaners Eugen Riedl war vorzüglich, die der zwei übrigen Konkurrenten recht befriedigend, weshalb denselben die verdiente Belobung vom Direktor ausgesprochen wurde.

VI. a) Statistische Tabelle.

Klasse	Schülerzahl zu Beginn des Schuljahres	Aus der vorhergehenden Klasse eingetreten	Als Repetenten zurückgeblieben	Von aussen hinzugekommen: mit I. Klasse	Von aussen hinzugekommen: als Repetenten	Im Laufe des Schuljahres eingetreten	Im Laufe des Schuljahres ausgetreten	Am Ende des zweiten Semesters verblieben	Darunter Privatschüler	In Steiermark Geborene	In anderen Ländern Geborene	Ortsangehörige	Ergebnisse der Klassifikation am Schlusse des 2. Semesters: entsprochen Ein.	entsprochen 1. Kl.	nicht entsprochen 2. Kl.	nicht entsprochen 3. Kl.	Wiederholungs- oder Nachtrags-Prüfung	Muttersprache: Deutsche	Slovenen	Italiener	Franzosen	Kroaten	Religion: Katholiken	Evangelische	Schulgeld 2. Sem.: Zahlende	Befreite	Stipendisten
I.	64	—	7	57	—	—	5	59	—	53	6	15	5	36	9	4	5	28	30	—	1	—	59	—	36	23	2
II.	55	50	2	1	2	—	3	52	1	36	16	14	3	41	5	1	2	27	25	—	—	—	50	2	39	13	2
III.	36	33	2	2	—	2	2	36	—	24	12	12	2	23	5	1	5	20	16	—	—	—	35	1	25	11	3
IV.	26	23	2	2	—	1	2	25	1	21	4	10	2	14	4	—	5	14	10	1	—	—	24	1	14	11	5
V.	26	23	—	3	—	—	1	25	—	23	2	6	1	17	—	1	6	15	9	1	—	—	25	—	17	8	4
VI.	13	8	—	4	1	—	—	13	1	7	6	—	1	9	—	2	1	6	6	1	—	—	13	—	9	4	2
VII.	13	9	1	2	1	—	—	13	—	10	3	8	2	9	2	—	—	5	7	—	—	1	13	—	7	6	2
VIII.	13	12	—	1	—	—	—	13	—	13	—	4	1	12	—	—	—	4	9	—	—	—	13	—	7	6	5
Zusam.	246	158	14	72	4	3	13	236	3	187	49	64	17	161	25	9	24	119	112	3	1	1	232	4	154	82	25

Anmerkung: Am Schlusse des vorigen Schuljahres wurden zur Wiederholungs-Prüfung nach den Ferien 24 Schüler zugelassen, von diesen sind 3 nicht erschienen, von den übrigen wurden 19 in die höhere Klasse versetzt, 2 in der niederen zurückbehalten.

b) Lebensalter der Schüler am Ende des II. Semesters.

Klasse	10	11	12	13	14	15	16	17	18	19	20	21	22
					Lebensjahre der Schüler								
I.	5	11	12	12	8	7	3	—	1	—	—	—	—
II.	—	5	15	3	12	8	8	1	—	—	—	—	—
III.	—	—	6	4	9	10	1	4	2	—	—	—	—
IV.	—	—	—	1	6	7	3	3	5	—	—	—	—
V.	—	—	—	—	—	6	12	2	1	3	—	—	1
VI.	—	—	—	—	—	—	1	2	1	5	4	—	—
VII.	—	—	—	—	—	—	2	2	1	2	—	3	3
VIII.	—	—	—	—	—	—	—	1	3	2	3	2	2

c) Dotationen für Lehrmittel.

1. Aufnahmstaxen . . . . fl. 161.70
2. Lehrmittelbeiträge der Schüler . . . . . . „ 249.—
3. Interessen des Gymnasialfondes . . . . „ 75.60
4. Für Duplikate . . . . „ 12.—

Zusammen fl. 498.30

Diese Einnahmen wurden im Sinne der h. Ministerial-Verordnung vom 12. Juli 1879 No. 3700 verwendet.

d) Der Gesammtbetrag des im ersten Semester
eingehobenen Schulgeldes war . . . . . . fl. 1556.—
im zweiten Semester . . . . „ 1260.—
der ausbezahlten Stipendien im ganzen Schuljahre „ 2533.94
davon entfallen auf das erste Semester . . . . „ 1260.84
auf das zweite . . . . „ 1273.10

B. Lokales Unterstützungswesen.

Gymnasial-Unterstützungsverein.

Den Vereinsausschuss bilden die Herren: Gymnasial-Direktor Dr. F. Z. Svoboda, Vorstand — Haus- und Realitätenbesitzer Ed. Jeretin — Professor J. Krušič — Professor W. Marek, Kassier — Eisenhändler Jos. Rakusch — Gutsbesitzer Max Walter — Professor Mich. Žolgar.

Ersatzmänner: Professor A. Fietz — Professor A. Deschmann.

Rechenschaftsbericht, vorgetragen von dem Kassier Professor Marek in der General-Versammlung des Vereines am 13. Juni 1880.

Das Vermögen des Vereines betrug am Schlusse des Jahres 1879 1535 fl. 96 kr. Dasselbe hat sich im Laufe des Jahres 1880 durch Zuschlag

der Interessen zum Kapitale auf 1610 fl. 86 kr. gehoben. — Die Kassa-
barschaft betrug am Schlusse des Jahres 1879 — 228 fl. 74 kr., welche mit
der Einnahme des Jahres 1880 per 266 fl. die Summe von 494 fl. 74 kr.
ergeben, die in folgender Weise verwendet wurden:

Für angekaufte Schulbücher . . . . . 107 fl. 52 kr.
„ Buchbinderarbeit . . . . 13 „ — „
„ Unterstützungen in Barem . . . 37 „ — „
„ Kleidungsstücke . . . . 106 „ 50 „
„ Fussbekleidung . . . . 25 „ — „
„ Vereinsdiener . . . . 15 „ — „
„ Postporto . . . . „ 20 „
Summe . . . 304 fl. 22 kr.

Demnach verbleibt ein Kassarest per 190 fl. 52 kr. für das nächste
Schuljahr, welcher im Sinne der Statuten verwendet werden wird. Ausser
den bezeichneten Unterstützungen hatten auch manche Studierende Frei-
tische bei mehreren Wohltätern. Herr Gutsbesitzer Max Walter schenkte
dem Vereine zwei noch gut brauchbare Röcke, welche nach seiner Intention
an zwei arme Schüler verteilt wurden.

Verzeichnis der Spender.

Frau v. Adamovich, Gutsbesitzerin . . . . fl. 5.—
Herr Angerle. k. k. Ingenieur . . . . „ 2.—
„ Balogh, k. k. L. Ger. Rat . . . . „ 1.—
„ Marck, Apotheker . . . . „ 1.—
„ Blümel, Oberlehrer . . . . „ 1.—
„ Bruck, Freiherr von, Gutsbesitzer . . . . „ 1.—
„ di Centa, Fabriksbesitzer . . . . „ 2.—
„ Damasko, Bahnbeamter . . . . „ 1.—
„ Deschmann, k. k. Professor . . . . „ 1.—
„ Dirmhirn, Bürgerschuldirektor . . . . „ 1.—
„ Drexel Theophil, Buchhändler . . . . „ 3.—
„ Fabiani A., Kaufmann . . . . „ 1.—
„ Fehleisen W., Fabriksbesitzer . . . . „ 1.—
„ Ferjen, Kaufmann . . . . „ 2.—
„ Fietz A., k. k. Gymnasial-Professor . . . . „ 1.—
„ Fischer A., Zeichenlehrer . . . . „ 1.—
„ Formacher, von, k. k. Notar in Drachenburg . . . . „ 2.—
„ Garzarolli, Edler von, k. k. L. Ger. Rat . . . . „ 2.—
„ Gollitsch, Kaufmann . . . . „ 1.—
„ Guggenmoss, Ritter v., k. k. Major . . . . „ 2.—
„ Gubo A., k. k. Gymn.-Lehrer . . . . „ 1.—
Frl. Halm, Private . . . . „ 1.—
Herr Haas, Edler v., k. k. General . . . . „ 2.—
„ Haas, k. k. Bez. Hptm. u. Statthalterei Rat . . . . . „ 2.—
Frau Hasler, Private . . . . „ 1.—
Herr Hausbaum, Cafetier . . . . „ 1.—
„ Heinricher, k. k. Hofrat und Kreisger.-Präsident . . . „ 2.—
„ Heinrich A., k. k. Gymnasial-Lehrer . . . . „ 1.—

Herr Hummer, Kaufmann . . . . fl. 4.—
„ Dr. Higersperger. Advokat . . . . „ 1.—
„ Huth, Gemeinde-Amtsvorstand . . . . „ 2.—
„ Janesch Franz, Kaufmann . . . . „ 1.—
„ Jenko. Bahnbeamter . . . . „ 1.—
„ Jeretin E., Haus- und Realitäten-Besitzer . . . . . . „ 2.—
„ Jordan, k. k. L. Ger. Rat . . . . „ 2.—
„ Jud R., Haupttrafikant . . . . „ 1.—
„ Juwančič, Dechant iu Neukirchen . . . . „ 2.—
„ Kalligaritsch, Privatier . . . . „ 1.—
Frau Kartin, Hausbesitzerin . . . . „ 6.—
Herr Kielhauser, Ingenieur . . . . „ 2.—
„ Kokol, k. k. Notar in St. Marein . . . . „ 10.—
„ Koscher R., Hotelbesitzer . . . . „ 2.—
„ Kosi, Gymn.-Supplent . . . . „ 1.—
„ Kossär L., Fleischhauer und Wirt . . . . „ 1.—
„ Krašan, k. k. Professor . . . . „ 2.—
„ Kreft, landschaftl. Kassier in Sauerbrunn . . . . . . „ 5.—
„ Krisper C., Kaufmann . . . . „ 2.—
„ Krušic, Jakob, Cafetier . . . . „ 1.—
„ Kruschitz, k. k. Grundbuchsführer . . . . „ 1.—
„ Krušic Johann, k. k. Professor . . . . „ 4.—
„ Kupferschmidt, Apotheker . . . . „ 3.—
„ P. P. Lazaristen zu St. Josef . . . . „ 2.—
„ Dr. Langer, Advokat . . . . „ 2.—
„ Lažansky, Stationschef in Sissek . . . . „ 3.—
„ Levizhnik. k. k. L. Ger. Rat . . . . „ 1.—
„ Leschtina, k. k. Katastral-Direktor . . . . „ 1.—
„ Liesskounig, k. k. Gymnasial-Lehrer . . . . „ 1.—
„ Lutz A., Dampfmühlbesitzer . . . . „ 2.—
„ Manteuffel, Gutsbesitzer . . . . „ 25.—
„ Marek W., k. k. Professor . . . . „ 2,—
„ Mayr A., k. k. Gymn-Lehrer . . . . „ 2.—
„ Mathes C., Brauhausbesitzer . . . . „ 2.—
„ Mathes Friedr., Hotelbesitzer . . . . „ 2.—
„ Miheljak, k. k. Notar . . . . „ 1.—
„ Dr. Neckermann J., Bürgermeister . . . . „ 2.—
„ Negri, Holzhändler . . . . „ 5.—
Frau Orešek, k. k. Prof.-Witwe . . . . „ 3.—
Herr Pfeiffer, Stationschef . . . . „ 1.—
Frau Peterlin A., Beamtenswitwe . . . . „ 1.—
Herr Pogatschnigg, Bergwerksverwalter . . . . „ 2.—
„ Ploner J., k. k. Professor . . . . „ 1.—
„ Ploj, Advokat in Pettau . . . . „ 2.—
„ Praunseis. Kaufmann in Lichtenwald . . . . „ 1.—
„ Pratter A., Gastwirt . . . . „ 1.—
„ Dr. Prossinagg, praktischer Arzt . . . . „ 2.—
„ Rakusch Josef, Eisenhändler . . . . „ 1.—
„ Rakusch Johann, Buchdruckereibesitzer . . . . „ 2.—
„ Ressingen, Ritter v.. Privatier . . . . „ 2—
„ Riedel E., Oberbergkommissär . . . . „ 3.—
„ Sabukoschegg, Zuckerbäcker . . . . „ 1.—
„ Sajevitz M., k. k. Notar . . . . „ 3.—

Herr Dr. Sajovitz, Advokat . . . . fl. 2.—
    „ Sapušek M., k. k. Kr. Ger. Adjunkt . . . . „ 1.—
    „ Schwentner, Kaufmann in Franz . . . . „ 5.—
    „ Schmidt, Buchbinder . . . • . . . . „ 2.—
    „ Schmidl G., Kaufmann . . . . „ 1.—
    „ Schrey, Edl. v., k. k. L. Ger. Rat . . . . „ 1.—
    „ Schuh, k. k. Hilfsämterdirektor . . . . „ 1.—
    „ Dr. Schurbi, Advokat . . . . „ 2.—
    „ Dr. Sernec. Advokat . . . . „ 5.—
    „ Sima Josef, Hausbesitzer und Bäcker . . . . „ 1.—
    „ Skerjanz, k. k. Postoffizial in Graz . . . . „ 2.—
    „ Skolaut, Glashändler . . . . „ 2.—
    „ Stepischnegg M., Bauunternehmer . . . . „ 3.—
Se. Gnaden der Herr Fürstbischof von Lavant Dr. Maxi-
    milian Stepischnegg . . . . „ 10.—
Herr Stiger, Kaufmann . . . . „ 2.—
    „ Dr. Svoboda, k. k. Gymn.-Direktor . . . . „ 5.—
Frau Tappeiner, Hausbesitzerin . . . . „ 1.—
Herr Thurn, k. k. Bez. Richter in Lichtenwald . . . . . . „ 1.—
    „ Tisch August, Bürgerschullehrer . . . . „ 2.—
    „ Tratenscheg, Telegrafenbeamter . . . . „ 1.—
    „ Traun Karl, Kaufmann . . . . „ 2.—
    „ Wagner, Cafeehausbesitzer . . . . „ 2.—
    „ Walland Franz, Hotelier . . . . „ 1.—
    „ Walther M., Gutsbesitzer . . . . „ 5.—
    „ Weiner J., Glashändler . . . . „ 2.—
    „ Weiss E., Schneidermeister . . . . „ 2.—
    „ Wokuscheg, Realitätenbesitzer in Gonobitz . . . . . „ 2.—
Frau Wokaun, Haus- und Realitätenbesitzerin . . . . „ 2.—
Herr J. Wretschko, Abt und Stadtpfarrer . . . . „ 5.—
    „ Wesiak A., k. k. Kreisger. Official . . . . „ 1.—
    „ Wogg & Radakowič, Kaufm. . . . . „ 2.—
    „ Zangger, Schuldirektor . . . . „ 2.—
    „ Zangger. Kaufmann . . . . „ 2.—
    „ Žičkar, Stadtpfarrkaplan . . . . „ 1.—
    „ Zinauer, Regenschori . . . . „ 1.—
    „ Žolgar Michael, k. k. Professor . . . . „ 5.—
Frau Zorzini, Kaufmannswitwe . . . . „ 1.—
Herr Žuža, Bergwerksbesitzer . . . . „ 1.—

VII. Lehrmittelsammlungen.

A. Bibliothek.

Kustos Albert Fietz.

a) Lehrerbibliothek.

Dieselbe wurde vermehrt:

1. Durch Ankauf:

Paul, Wiener Schuleinrichtungen. — Hermann, Sitzeinrichtungen. —
Radics, Anast. Grün. — Krüger, Homer. Formenlehre. — Mitteilungen des

hist. Vereines f. Steierm. — Beiträge z. Kunde steierm. Geschichtsquellen.
Regeln und Wörterverzeichnis f. d. deutsche Rechtschreibung. — Kiepert,
Leitfaden der alten Geogr. — Handwörterbuch der gesammten Münzkunde.
— Klotz, Lat. Deutsch. Wörterb. — Düntzer, Goethes Faust. — Heider und
Eitelberger, Mittelalterl. Kunstdenkmale des österr. Kaiserstaates. — Schlossar,
Oesterr. Cultur- und Literaturbilder. — Arendts, deutsche Rundschau f.
Geogr. u. Statistik. — Glass, Wörterb. d. Mythologie. — Rhedantz, Demosthenes.
— Westermann, Demosthenes. — Erler, Directorenconferenzen d. preuss.
Staates. — Schlossar, Steiermark im deutschen Liede. — Hirsch, Heimat-
kunde d. Steierm. — Schmidt, Latein. Schulgram. — Kummer, das
Ministerialengeschlecht von Wildonie. — Dittes, Pädagogium. — Brehms
Tierleben Forts. — Bastian, Schöpfung od. Entstehung? — Wiegand Stere-
ometrie, ebene Trigonometrie, Planimetrie. — Schenkl, Griech. Uebungsbuch.
— Seboth, die Alpenpflanzen, Forts. — Häckel, Natürl. Schöpfungsgeschichte.
— Pfeiffer, Deutsche Classiker des Mittelalters. Forts. — Wiener Studien.
— Mittheil. des Instituts f. österr. Geschichtsforschung. — Conze, Heroen-
u. Göttergestalten der griech. Kunst. — Wolf, Geschichtl. Bilder aus Oesterr.
— Mitteilungen d. geog. Gesellschaft. — Müller.-Pfaundler, Lehrb. d. Physik.
Forts. — Archäologisch-epigraphische Mittheilungen aus Oesterr. — Gymnasial-
zeitschrift. — Zeitschrift f. d. Realschulwesen. — Wiener pädag. Jahrbuch.
— Ziller, Pädag. Jahrbuch. — Krumme, Pädagog. Archiv. — Globus. —
Orožen, Bistum Lavant. III. — Textbuch zu Seemanns kunsthistor. Bilder-
bogen. — Literarisches Centralblatt. — Edlinger Literaturblatt. — Zwiedinek-
Südenhorst, Hans Ulrich von Eggenberg. — Kampen, Descriptiones nobilissi-
morum apud classicos locorum I. — Andresen, Sprachgebrauch und Sprach-
richtigkeit. — Jagić, Archiv f. slavische Philologie. — Grimm, Deutsches
Wörterb. Forts. — Janisch, Topogr. hist. Lexikon v. Steierm. Forts. —
Faulmann, Geschichte der Schrift. — Zahn. Steierm. Geschichtsblätter. —
Seibert, Zeitschr. f. Schulgeographie. — Wiener Abendpost. — Globus.

2. Durch Schenkungen:

Vom h. k. k. Minist. f. C. u. Unter.: Sitzungsberichte d. Akad. d.
Wissenschaften. Verzeichnis der zulässigen Lehrtexte. Archiv f. österr.
Geschichte. Almanach d. k. k. Akad. d. Wiss. — Vom hochwürdigsten
H. Fürstbischof von Lavant Dr. Max Stepischnegg in Marburg: Personalstand
des Bistums Lavant. — Vom H. Gymnasialdirector Dr. F. Z. Svoboda in
Cilli: Foss, Wie ist der Unterricht in der Geschichte mit dem geogr. zu
verbinden? — Vom Verein Mittelschule: Regeln der deutschen Recht-
schreibung. — Von der Verlagsbuchh. Klinkhardt in Wien: Hübl. Lat.
Uebungsb. — Von d. Verlagsbuchh. Baedeker in Essen: Heilermann und
Diekmann, Algebra. — Von der Verlagsbuchh. Hölder in Wien: Hauler,
Lat. Stilübungen. — Von d. Verlagsbuchhandlung Neff in Stuttgart: Lhomond,
viri illustres urbis Romae. — Vom H. Verfasser: Möstl, Szegediner Hexen-
prozess. — Von H. Verfasser: Schlossar, Grazer Buchdruck u. Buchhandel
im 16. Jahrh. —

b. Schülerbibliothek.

Dieselbe wurde vermehrt:

1. Durch Ankauf:

Schmerz, Naturgesch. Charakterbilder. — Volčič, Šmarnice. — Koledar 1880. — Praprotnik, Slovenski spisovnik. — Staré, Občna zgodovina. Forts. — Terčnik, Slovenski goffine. Forts. — Bombelles, der Graf von Cilli. — Radics, das befreite Bosnien. — Spamers neue Volksbücher. — Hölders hist. Jugendbibl. — Hölders geogr. Jugendbibl. — Hoffmanns Jugendbibl. — Proschko, Oesterr. Volks- u. Jugendschriften. — Jessen, Oesterr. Jugendbibl. — Die Länder Oesterreich-Ungarns. — Der Jugend Hausschatz. — Hoffmann, Eroberung v. Mexico. — Hoffmann, deutscher Jugendfreund. — Hoffmann, Nach Brasilien. — Parleys Erzählungen. — Jugend-Album. — Umlauft, Wanderungen durch die österr.-ungar. Monarchie. — Unser Vaterland. Forts. — Bowitsch, Habsburg Chronik. — Schiller, Deutsche Unterrichtsbriefe. — J. G. Seidl's Werke, Forts. — Wandkalender. — Kalchbergs Schriften, Forts. — Krist, Naturlehre. — Letopis matice slovenske. — Cigale, znanstvena terminologija. — Koseski, razni delom. — Germanstvo. — Hesse-Warteg, Nordamerika, Forts. — Weller, die kaiserl. Burgen und Schlösser. — Holub, Sieben Jahre in Süd-Afrika. — Hempels Nationalbibliothek deutscher Classiker I. Schluss II. — Cotta'sche deutsche Volksbibliothek. — Vertec. — Isis. — Heimat. — Dr. R. Precechtěl, Die Kaiser aus dem Hause Habsburg-Lothringen mit ihren Original-Bildnissen.

2. Durch Schenkungen:

Vom hoh. k. k. Statthalterei-Präsidium in Graz: Teuffenbach, Vaterländisches Ehrenbuch. — Vom H. Verfasser: Marn, Slovenica českega jezika. — Vom Herausgeber Herrn Prf. Žolgar: Popotnik. — Vom H. Verfasser: Schlossar, Erzherzog Johann. — Von einem Ungenannten: Tušek, Štirje letni časi. —

Die Lehrerbibliothek zählt am Ende des Schuljahres 1880 6468 Stück, die Schülerbibliotkek 3030.

Sonach umfasst die ganze Bibliothek 9498 Stück.

B. Naturhistorisches Kabinett.

Kustos: Karl Schleifer.

Durch Ankauf erhielt dasselbe folgenden Zuwachs:

Frass, geologische Wandtafeln. — Leutemaun, zoologischer Atlas, Serie VIII. — Lenkart, zoologische Wandtafeln, Lief. III. — Ein Pflanzenstecher.

Durch Schenkungen:

Schwefel, Krystalldruse, Lava vom Vesuv, Lava von Pompeji, sämmtlich vom Herrn Direktor Dr. F. Z. Svoboda. — 26 Arten prachtvoll conservierter, australischer Kryptogramen auf 23 Blättern vom Herrn Dr. Carl Pruss, Fregattenarzt. — 1 St. Hornblende, Amonites Bleibergiensis, Isocardia

Blb. vom Herrn Em. Riedl, k. k. Ober-Bergkommissär. — Columba livia, geschenkt vom Herrn J. Goričar, k. k. Postmeister in Prassberg. — 45 Arten Phanerogamen, 38 Arten Orchideen aus der Umgebung von Cilli, vom Kustos. — 2 St. Cyprea Tigris, 1 St. Conus marmoreus. — 2 St. Cyprea moneta von Ad. Weinhard, Schüler der I. Klasse. — Coluber flavescens, von Val. Koren, Schüler der I. Klasse.

Der gegenwärtige Bestand ist:

    a) Zoologische Abteilung   . . . . 6079 Stück
    b) Botanische   „   . · . . 5949   „
    c) Mineralogische „   2803   „
    d) Krystall-Modelle   207   „
    e) Apparate und Präparate . . . 181   „
    f) Naturhistorische Bilderwerke . . 21   „

C. Physikalisches Kabinett.

Kustos: A. Deschmann.

Gegenwärtiger Stand:

a) Zu den allgem. Eigenschaften, zur Statik und Dynamik 101 Apparate.

b) zur Chemie: 48 Apparate, 130 Gläser mit Chemikalien.

c) zur Wärme: 29 Apparate.

d) zum Magnetismus: 9 „

e) zur Elektricität: 72 „

f) zur Akustik: 25 „

g) zur Optik: 49 „

h) zur Astronomie und physikal. Geographie 7 Apparate.

D. Mathematische Lehrmittel.

2 Wandtafeln für den Unterricht im neuen Metermasse und ein Kästchen der neuen Masse und Gewichte.

10 stereometr. Modelle, aus hartem Holz gearbeitet, mit vielen Schnitten. Ueberdies 8 Cirkel, 5 Lineale und Meterstäbe, 4 hölzerne Transporteure, 1 hölzernes Dreieck und 19 alte stereometr. Modelle aus Holz.

E. Geographische Hilfsmittel.

Kustos: Andreas Gubo.

Es kamen neu hinzu durch Ankauf:

Tableau der wichtigsten physikalisch-geographischen Verhältnisse von E. Letoschoik, dann Forum Romanum, Geschenk des k. k. Gymn.-Direktors Dr. F. Z. Svoboda.

Gegenwärtiger Bestand der Sammlung:

Wandkarten	63
Atlanten	11
Erdgloben	2
Himmelsgloben	1
Reliefkarten	3
Tellurium	1

F. Münzensammlung.

Kustos: Andreas Gubo.

Die Sammlung erfuhr folgende Vermehrung durch Geschenke:

Vom Septimaner Detitschegg 1 bair. Silbermünze und 1 silb. Denkmünze. — Vom Quartaner Schwentner 2 Silber- und 5 Kupfermünzen. — Vom Quartaner Fleischer 1 Kupfermünze. — Vom Quartaner Vodušek 2 Silber- und 1 Kupfermünze. — Vom Quintaner Snideršič 1 Silber- und 2 Kupfermünzen. — Vom Tertianer Fritsch 2 Silber- 2 Bronce- und 2 Kupfermünzen. — Vom Tertianer Kopriva 1 silb. Denkmünze. — Vom Tertianer Siuka eine Kupfermünze. — Vom Primaner Weinhardt 1 kupf. Denkmünze. Vom Septimaner Spohn 1 Silbermünze. — Vom Tertianer Kupferschmidt 1 Bronce- und 2 Kupfermünzen.

Im Ganzen erfuhr die Sammlung eine Vermehrung von 29 Münzen.

Gegenwärtiger Stand: 1318 Geldmünzen, 21 Denkmünzen und 22 Bracteate. Ausserdem enthält die Sammlung noch Papiergeldscheine, Rechenpfennige und Spielmünzen.

G. Lehrmittel für den Zeichenunterricht.

Kustos: A. Fischer.

Neu angeschafft:

a) Der perspektivische Versuchsapparat mit der Glastafel und mit 3 Stäbchen;

b) sechs kleine perspektivische Anschauungsapparate;

c) Architektonische Holzmodelle. 3 Stück.

d) Ornamentale Gypsabgüsse vom k. k. österr. Museum in Wien 38 Stück.

e) Figurale Gypsabgüsse, vom k. k. österr. Museum in Wien, 4 Stück.

f) der Farbenkreis mit 20 Tafeln nach Brücke.

g) das polychrome Flachornament vom Professor A. Andêl III. Band. 6., 7., 8. und 9. Heft, 26 Blatt.

Gegenwärtiger Bestand:

1. Für Freihandzeichnen:

A. Ornamentales.

a) Vorlageblätter 740 Stück. — b) Gypsabgüsse 7 Stück.

B. Figurales.

a) Vorlageblätter 269 Stück. — b) Gypsabgüsse 2 Stück. — c) Stative dazu: 2 Stück.

C. Landschaften, Blumen, Früchte.

Vorlageblätter 379 Stück.

D. Diverses.

Vorlageblätter 257 Stück.

II. Für geometrisches Zeichnen:

Vorlageblätter 14 Stück. — Drahtmodelle 16 Stück. — Stative dazu 2 Stück. — Modelle aus Pappe und Holz 11 Stück. — Tafellineal 1 Stück. Dreiecke 2 Stück. — Zirkel 1 Stück.

Für die der Anstalt und deren Schülern in dem verflossenen Schuljahre zugewendeten Geschenke und Gaben sagt die Gymnasial-Direktion allen P. T. Spendern und Wohltätern den wärmsten Dank.

VIII. Maturitätsprüfung.

a) Schriftliche Aufgaben der Abiturienten im Schuljahre 1880.

α) Aus dem Deutschen:

> Der Oesterreicher hat ein Vaterland,
> Und liebts, und hat auch Ursach es zu lieben.

Schiller (Wall.s Tod I. 5)

β) Aus dem Deutschen ins Lateinische: Einige Notizen über das Leben des Livius, nach Grysars Uebungsbuch II, 6.

γ) Aus dem Lateinischen ins Deutsche: Vergils, Aeneis lib. IV. v. 90—136.

δ) Aus dem Griechischen ins Deutsche: Homer, Odyssee IV v. 398—446.

ε) Aus der Mathematik:

1. Aus den beiden Gleichungen:

$$\left. \begin{array}{l} a^y \cdot \sqrt[x]{b} = m \\ b^x \cdot \sqrt[y]{a} = n \end{array} \right\} \quad \text{Die Werte von } x \text{ und } y \text{ zu bestimmen.}$$

$$a = 9, \quad b = 64, \quad m = 324, \ n = 786432$$

2. Die ganze Oberfläche eines geraden Kegels beträgt $O = 28\cdot3144\,\square^m$, und die Mantelfläche $M = 20\cdot8144\,\square^m$, wie gross ist das Volumen desselben und der Centralwinkel des durch die Abwicklung der Mantelfläche entstehenden Kreisausschnittes?

3. Man bestimme die Fläche (f) jenes Segmentes der Parabel $y^2 = 8x$, welches von einer Sehne abgeschnitten wird, die durch den Brennpunkt geht und mit der positiven Richtung der Abscissenaxe einen Winkel von 30° bildet:

ζ) Aus dem Slovenischen:

1. Zakaj imenujejo pesniki otroška leta najsrečnejšo dobo človeškega življenja?

2. Süpfle, lat. Uebungsbuch II T. Nr. 217 und 218. Sokrates Selbstverteidigung vor Gericht, zur Uebersetzung ins Slovenische.

b) Resultate der Maturitätsprüfung.

Verzeichnis der Abiturienten,

welche sich im Schuljahre 1880 der Maturitätsprüfung unterzogen und das Zeugnis der Reife erhalten haben.

Angemeldet waren 13 öffentliche Schüler und 2 Externisten.

Post-No.	Name und Geburtsort	Lebensalter	Dauer der Gymnasial-studien	Gewähltes Berufsstudium
1.	Johann Fon aus Laak in Steiermark.	20 Jahre	8. Jahre	Theologie
2.	Franz Kapus aus Cilli in Steiermark.	19 Jahre	9. Jahre	Jurisprudenz
3.	Josef Kovačič aus Drachenburg in Steiermark.	21 Jahre	8. Jahre	Jurisprudenz
4.	Heinrich Langer aus Graz in Steiermark.	18 Jahre	8. Jahre	Medicin
5.	Johann Lesky aus Cilli in Steiermark.	18 Jahre	8. Jahre	Medicin
6.	Josef Neckermann aus Cilli in Steirmark.	18 Jahre	8. Jahre	Medicin
7.	Mathias Stoklas aus St. Marein bei Erlachstein in Steiermark.	20 Jahre	8. Jahre	Philosophie
8.	Alois Virbnik aus Neukirchen in Steiermark.	19 Jahre	8. Jahre	Philosophie

Drei Abiturienten haben die Prüfung aus je einem Gegenstande nach zwei Monaten zu wiederholen; drei wurden reprobiert und zwar einer auf 6 Monate, zwei auf ein Jahr, darunter ein Externist; der zweite Externist trat vor der mündlichen Prüfung zurück.

c) Resultat

der am 19. und 21. Juli 1879 abgehaltenen Maturitätsprüfung:

Der Prüfung unterzogen sich 13 Abiturienten. Von diesen erhielten die Abiturienten Johann Presker, Adolf Spohn und Johann Stepischnegg das Zeugnis der Reife mit Auszeichnung. Die Abiturienten: Johann Fritsch, Rudolf Graf Fünfkirchen, Adam Grušovnik, Josef Kolšek, Adalbert Kotzian, Jakob Marzidovšek, Raimund Neckermann, Franz Novak, Albin Ogrinc und Peter Kofler (letzterer in Folge der am 30. September abgelegten Wiederholungsprüfung) wurden für reif zum Besuche der Universität erklärt.

IX. Chronik.

a) Veränderungen im Lehrkörper.

Die nach dem verstorbenen Professor Anton Hlusčik am Cillier Gymnasium erledigte Lehrstelle für klassische Philologie wurde mit hohem Erlasse des k. k. Ministeriums für Kultus und Unterricht vom 17. August 1879 Z. 10596 dem Lehramtskandidaten Alfred Heinrich verliehen, welcher dieselbe seit März 1879 supplierte.

Mit hohem Erlasse vom 10. August 1879 verfügte das hohe Ministerium die Versetzung des Professors Albert von Berger an das Marburger Gymnasium. Zur Supplierung der nach diesem Lehrer erledigten Stelle wurde mit dem Erlasse des hochlöblichen k. k. Landesschulrates vom 6. Okt. 1879 Nr. 5948 der geprüfte Lehramtskandidat Anton Kosi bestellt.

Mit Schluss des ersten Semesters verliess auch Professor Franz Krašan die Anstalt, an welcher er als Lehrer der Naturgeschichte seit dem Schuljahre 1874/5 verdienstlich wirkte, um den mit dem hohen Erlasse des k. k. Ministeriums vom 14. Jänner 1880 Z. 164 am zweiten Staatsgymnasium in Graz ihm verliehenen Posten anzutreten, während Prof. Johann Terglav, der den letzteren bisher inne hatte, mit demselben Erlasse aus Dienstesrücksichten nach Cilli versetzt wurde. Da aber Professor Terglav krankheitshalber sein Amt nicht antreten konnte, — derselbe ist inzwischen gestorben — wurde mit dessen Supplierung der geprüfte Lehramtskandidat Karl Schleifer von der Direktion betraut, welche Verfügung die k. k. Landesschulbehörde mit hohem Erlasse vom 18. März 1880 Nr. 1356 genehmigt hat.

b) Andere Vorkommnisse.

Das Schuljahr 1879/80 wurde am 16. September mit dem Veni Sancte eröffnet. An demselben Tage wurde in Gegenwart sämmtlicher Lehrer den Schülern die Disciplinarordnung von dem Direktor vorgelesen und erläutert und die Wiederholungs- und Aufnahmsprüfungen vorgenommen. Der regelmässige Unterricht begann am nächsten Tage.

Am 30. September wurde unter dem Vorsitze des k. k. Landes-Schulinspektors Dr. Johann Zindler die Maturitäts-Wiederholungsprüfung abgehalten, der sich ein Abiturient zu unterziehen hatte.

Am 4. Oktober wurde das Allerhöchste Namensfest Sr. Majestät des Kaisers, am 19. November das Namensfest Ihrer Majestät der Kaiserin mit einem solennen Gottesdienste gefeiert, welchem der gesammte Lehrkörper mit den Studierenden beiwohnte. An beiden Tagen wurde kein Unterricht erteilt.

Vor dem Schlusse des ersten Semesters, welcher vorschriftsmässig am 14. Februar erfolgte, trat der k. k. Landes-Schulinspektor Karl Holzinger Ritter von Weidich, dessen Oberleitung das Cillier Gymnasium durch zehn Jahre anvertraut war, in den wohlverdienten Ruhestand über. Die grossen auch von Sr. Majestät anerkannten Verdienste, welche sich derselbe um die Förderung des Unterrichtes an den Mittelschulen Steiermarks und Kärntens erworben hat, wurden anderorts gewürdigt. Doch ist hier zu erwähnen, dass an der Ovation, welche dem aus dem Amte scheidenden Vorgesetzten zum Zeichen der Verehrung durch die Ueberreichung eines Albums mit den Photographien der Lehrer der steiermärkischen und kärntnerischen Mittelschulen dargebracht wurde, sämmtliche Professoren des hierortigen Gymnasiums durch Einsendung ihrer Photographien sich beteiligt haben.

Am 24. Februar beehrte der k. k. Statthalter von Steiermark, Freiherr von Kübeck, begleitet von dem k. k. Statthalterei-Rate Haas, die Anstalt mit seinem Lehrer und Schüler erhebenden Besuche. Se. Excellenz wohnte Vormittags und Nachmittags dem Unterrichte fast in allen Klassen bei, beteiligte sich persönlich an der Prüfung der Schüler und sprach sich bei der tags darauf erfolgenden Vorstellung des Lehrkörpers anerkennend über den Zustand des Gymnasiums aus.

Supplierungen im Unterrichte wurden wegen vorübergehender Erkrankung einzelner Lehrer und infolge der Beurlaubung des Professors A. Fietz (v. 18. — 21. Februar) und des Direktors (v. 23. März — 19. April) herbeigeführt. Doch wurde dadurch der vorschriftsmässige Unterricht nicht verkürzt, und demnach das Lehrziel in allen Klassen erreicht.

Vom 14. — 19. Juni dauerten die schriftlichen Maturitätsprüfungen, vom 23. Juni bis 8. Juli die schriftlichen und mündlichen Uersetzprüfungen.

Am 30. Juni, 1. u. 2 Juli wurde die mündliche Maturitätsprüfung unter dem Vorsitze des k. k. Landesschulinspektors Dr. Johann Zindler abgehalten, über deren Resultat oben berichtet wird ; ebenso wird dort über die Preisprüfung aus der steierm. Geschichte referiert, welche am 8. Juli stattfand. — Am 10. u. 11. war die Privatistenprüfung, am 12. die Prüfung aus dem Turnen, am 13. aus dem Gesange. Am 14. wurde der Unterricht geschlossen und die Schlusskonferenz abgehalten. — Die üblichen religiösen Uebungen wurden in beiden Semestern vorschriftmässig vorgenommen.

Der Gesundheitszustand der Lehrer und Schüler war während des ganzen Jahres im allgemeinen befriedigend.

Der Schluss des Schuljahres erfolgte am 15. Juli mit dem Te Deum laudamus und der Verteilung der Zeugnisse.

X. Verfügungen

der vorgesetzten Behörden von allgemeinem Interesse.

1. Verordnung des h. Ministeriums f. K. u. U. v. 24. Juli 1879 Z. 11541, welche zur Erzielung einer grösseren Stabilität im Gebrauche der Lehrtexte und Lehrmittel die nötigen Weisungen gibt.

2. Verordnung des h. k. k. Landesschulrates vom 11. Dezember 1879 No. 7241, durch welche festgesetzt wird, dass der Unterricht in den freien Gegenständen Anfangs Oktober zu beginnen und mit Ende Juni zu schliessen ist.

3. Zuschrift der Cillier löbl. k. k. Bezirkshauptmannschaft ddo. 12. April 1880 Nr. 152, mit welcher infolge Erlasses des hohen k. k. Statthalterei-Präsidiums vom 2. April 1880. Z. 942 dem Gymnasialdirektor mitgeteilt wird, dass Se. Majestät der Kaiser die aus Anlass der Verlobung Sr. kais. Hoheit des Kronprinzen Rudolf mit Ihrer königl. Hoheit der Prinzessin Stephanie von Belgien dargebrachten Glückwünsche des Lehrkörpers des Cillier Gymnasiums mit dem Ausdrucke des Allerhöchsten Dankes allergnädigst entgegenzunehmen geruht haben. Desgleichen habe auch Se. kais. Hoheit der Kronprinz die aus dem gedachten Anlasse dargebrachten Wünsche mit dem verbindlichsten Danke zur Kenntnis genommen.

4. Erlass des h. Ministeriums f. K. u. U. v. 30. März 1880 Z. 4375, mit welchem eröffnet wird, dass in Folge Allerhöchster Ermächtigung künftighin das hohe k. k. Ministerium für Kultus und Unterricht über den Fortbezug der den Waisen von Staatsdienern auf drei Jahre Allerhöchst gewährten Gnadengaben, insoferne sie das Ressort dieses Ministeriums betreffen, im eigenen Wirkungskreise entscheiden werde.

4. Erlass des h. k. k. Landesschulrates v. 1. Mai 1888 Nr. 2309, betreffend den Vorgang bei Erteilung der den öffentlichen Professoren und Lehrern an Mittelschulen zustehenden Befreiung vom Geschworenenamte.

5. Mitteilung des h. k. k. Landesschulrates vom 24. Juni 1880 Nr. 2463, dass laut Erlasses des h. k. k. Ministeriums f. C. u. U. v. 23. April l. J. Z. 4952 im Staatsvoranschlage pro 1881 als Mehrerfordernis für das Staatsgymnasium in Cilli 4000 fl. (R. Gebäudeerhaltung) eingestellt worden seien.

XI. Lokation

derjenigen Schüler, welche ein Zeugnis mit Vorzug oder der ersten Klasse erhalten haben.

1. Klasse.*)

1. Heinrich Posener aus Graz.
2. Bartholomäus Wurkelc aus St. Paul b. Pragwald.
3. Adalbert Erbes aus Cilli.
4. Mathäus Skorianz aus St. Paul b. Pragwald.
5. Egon von Zeidler aus Graz.
6. Alois Šoba aus Videm.
7. Franz Germovšek aus Senovo b. Reichenberg.
8. Karl Preskar aus Felddorf,
9. Georg Virant aus Gomilsko.
10. Josef Zemljak aus Reichenburg.
11. Johann Cmerešek aus Hl.-Kreuz b. Sauerbrunn.
12. Albert Sutter aus Fürstenfeld.
13. Franz Časl aus Xaveri b. Oberburg.
14. Franz Lakner aus Gonobitz.
15. Karl Exel aus Landstrass in Krain.
16. Ignaz Goričan aus St. Peter in Seizdorf.
17. Josef Gorečan aus Neukirchen.
18. Josef Simonitsch aus Marburg.
19. Franz Višnar aus Pečovnik.
20. Gregor Sket aus Möstin.
21. Karl Debelak aus Greis.
22. Franz Kupnik aus Kostreinitz.
23. Franz Zore aus Stranje in Krain.

*) Die Namen der Vorzugsschüler sind mit gesperrter Schrift gedruckt, bei den in Steiermark Geborenen ist das Geburtsland nicht angegeben.

24. Adolf Kocuvan aus Laak.
25. Gottfried Lorber aus St. Marein.
26. Max Koscher aus Gross-Steinbach.
27. Vincenz Priboschitz aus Videm.
28. Albert Vidmajer aus Lichtenwald.
29. Karl Ferjen aus Cilli.
30. Franz Rimpel aus Graz.
31. Franz Wressnig aus Raab in Ungarn.
32. Martin Jeršič aus Gubno b. Peilenstein.
33. Konrad Rosmann aus Tüffer.
34. Johann Pechany aus Cilli.
35. Hermann Lassnig aus Cilli.
36. Max Withalm aus Graz.
37. Anton Arzenšek aus Stranitzen.
38. Anton Schwab aus St. Paul b. Pragwald.
39. Johann Eder aus Schönstein.
40. Eugen Thurn aus St. Marein.
41. Franz Šmarčan aus Cilli.

2. Klasse.

1. Valentin Korun aus Frasslau.
2. Karl Horíak aus Tüffer.
3. Martin Schöcker aus Süssenheim.
4. Alois Karnitscher aus Oplotnitz.
5. Anton Veternik aus Lokrowitz.
6. Karl Šnideršič aus Rann.
7. Josef Kosem aus Tschelovnik.
8. Karl Župevc aus Kopreinitz.
9. Ignaz Ritter aus St. Paul bei Pragwald.
10. Franz Berglez aus Podgrad bei St. Georgen.
11. Franz Berglez aus Ponigl.
12. Josef Potovšek aus St. Margarethen bei Römerbad.
13. Johann Lipold aus Prassberg.
14. Fritz Kukovič aus Cilli.
15. Karl Baron Zöge von Manteuffel aus Klein-Wandris in Schlesien.
16. August Anderluh aus St. Marein.
17. Gustav Hluščik aus Cilli.
18. Johann Pernovšek aus Greis.
19. Heinrich Herwei aus Wien in Oesterreich.
20. Ferdinand Kunej aus Oplotnitz.
21. Eugen Lažansky aus Sissek in Kroatien.
22. Johann Radanovič aus Munkendorf in Krain.
23. Hermann Onderka aus Bleiberg in Kärnten.
24. August Wagner aus Cilli.

25. Alexander Lewizhnik aus Nassenfuss in Krain.
26. Josef Kupferschmid aus Adelsberg in Krain.
27. Otto Ambrozič aus Wippach in Krain.
28. Otto Vidic aus St. Paul bei Pragwald.
29. Michael Fink aus Polena.
30. Camillo Hummer aus Cilli.
31. Anton Klemenčič aus Kressnitz in Krain.
32. Josef Stibenegg aus Cilli.
3?. Arthur Hallada aus Cilli.
34. Othmar Skerjanz aus Graz.
35. Franz Zdolšek aus Hotunje.
36. Stefan Žuža aus Cilli.
37. Johann Doberšek aus Süssenheim.
38. Franz Pikl aus Cilli.
39. Karl Lopan aus St. Johann bei Unterdrauburg.
40. Franz Lapeine aus Cilli.
41. Viktor Rupnik aus Haimburg in Kärnten.
42. Wilhelm Kreft aus Sauerbrunn.
43. Robert Rudolf aus Verona in Italien.
Ludwig Freiher v. Puthon a. Zboži in Böhmen, Privatist.

3. Classe.

1. Josef Ožek aus St. Margarethen bei Römerbad.
2. Alois Knez aus Tüffer·
3. Alois Herzog aus Retschach.
4. Karl Siuka aus Špitalič bei Gonobitz.
5. Josef Cerjak aus Hörberg.
6. Johann Zinnauer aus Karlsdorf.
7. August Kielhauser aus Laibach in Krain.
8. Johann Schechel aus Oberburg.
9. Josef Blaž aus Cilli.
10. Arnold Zednik aus Krems in Niederösterreich.
11. Rudolf Kovatschitsch aus Rohitsch.
12. Friedrich Stumberger aus St. Marein bei Erlachstein.
13. Albin Kapus aus Cilli.
14. Friedrich Fritsch aus Cilli.
15. Josef Sigl aus Sauerbrunn.
16. Franz Arzenšek aus Stranitzen.
17. Karl Kupferschmidt aus Adelsberg in Krain.
18. Alois Praunseis aus Lichtenwald.
19. Raimund Druškovič aus Tüffer.
20. Robert von Formacher aus Laibach in Krain.
21. Josef Possek aus Ill. Geist bei Pöltschach.

22. August Weiss aus Karlstift in Niederösterreich.
23. Michael Klančnik aus Retschach.
24. Benjamin Kunej aus St. Peter bei Königsberg.
25. Max Walther aus Grossdorf in Krain.

4. Klasse.

1. **Heinrich Spohn** aus Adelsberg in Krain.
2. **Franz Hajdenek** aus Rann.
3. Johann Krančič aus Ternovc.
4. Mathias Topolak aus St. Martin im Rosental.
5. Johann Zemljak aus Kopreinitz.
6. Gustav Steinmetz aus Cilli.
7. Franz Vraðun aus Kopreinitz.
8. Gustav Delpin aus Marburg.
9. Eugen Riedl aus St. Leonhard in Kärnten.
10. Ernst Graf Montecuccoli aus Eggenstein.
11. Franz Vodušek aus St. Georgen bei Rohitsch.
12. Max Kinsele aus Fiume im Ung.-Litorale.
13. Franz Possek aus Hl. Geist bei Pöltschach.
14. Josef Perthold aus Cilli.
15. Johann Jesenko aus Cilli.
16. Jakob Firbas aus Klanjec in Kroatien.

5. Klasse.

1. **Franz Bahr** aus Cilli.
2. Ludwig Wriessnig aus Gonze.
3. Franz Župnek aus Šedina.
4. Josef Mesiček aus Lichtenwald.
5. Georg Šelih aus Spitalič.
6. Othmar Kalligaritsch aus W.-Graz.
7. Franz Widmeier aus Lichtenwald.
8. Jakob Kitak aus Rohitsch.
9. Karl Sirk aus Luttenberg.
10. Leopold Ledinegg aus Pettau.
11. Albert Kokol aus St. Marein.
12. Alfred Buffulini aus Triest in Istrien.
13. Franz Tonko aus Rietz.
14. Josef Sutter aus Gonobitz.
15. Franz Ocvirk aus Wodice bei St. Georgen.
16. Gustav Trautvetter aus Pettau.
17. Zeno Hallada aus Marburg.
18. Johann Šnideršič aus Rann.

6. Klasse.

1. K a s p a r   K a č i č n i k aus Trennenberg.
2. Hygin R. v. Scarpa aus Fiume im Ung. Litorale.
3. Johann Kopriwa aus Sagor in Krain.
4. Hubert Wagner aus Idria in Krain.
5. Viktor Potočnik aus Rann.
6. Fritz Steiger aus Innsbruck in Tirol.
7. Franz Čulk aus Gomilsko.
8. Josef Höhn aus Marburg.
9. Franz Rožmann aus Schrottendorf bei Radkersburg.
10. Vinzenz Vidergar aus Moräutsch in Krain.

7. Klasse.

1. R u d o l f   S p o h n aus Adelsberg in Krain.
2. M i c h a e l   K o r b e r aus St. Egydi bei Schwarzenstein.
3. Ignaz Huth aus Cilli.
4. Friedrich Pichler aus Wolfsberg in Kärnten.
5. Heinrich Detitschegg aus Gonobitz.
6. Franz Braček aus Ternowetzdorf bei Wisch.
7. Edmund Wesiak aus Esseg in Slavonien.
8. Jakob Cinglak aus Süssenberg.
9. Leo Baron von Lazarini aus Podygraz.
10. Franz Cerjak aus Leskovec.
11. Simon Mahorič aus St. Urban.

XII. Kundmachung,

betreffend das Schuljahr 1880/81.

Das **nächste Schuljahr** wird am **16. September** um 8 Uhr früh mit dem Veni Sancte **eröffnet**. Neu eintretende Schüler haben sich in Begleitung ihrer Eltern oder deren Stellvertreter **am 13., 14. und 15. September zwischen 8—12 Vormittags bei der Gymnasial-Direktion zu melden** und sich mit dem Tauf- oder Geburtsscheine, und, wenn sie in eine höhere Klasse eintreten wollen, mit den Studienzeugnissen aus den früheren Klassen auszuweisen. Die neu eintretenden Schüler haben eine Aufnahmstaxe von 2 fl. 10 kr. und einen Lehrmittelbeitrag von 1 fl. zu erlegen.

Die Anmeldung für die übrigen Studierenden findet an denselben Tagen statt. Aus pädagogischen Gründen mögen Schüler der unteren Klassen von ihren Eltern oder deren Vertretern vorgeführt werden. Schüler, welche ihre Studien an diesem Gymnasium fortsetzen wollen, haben einen Lehrmittelbeitrag von 1 fl. zu entrichten, von welchem nach der diesbezüglichen hohen Ministerialverordnung kein Schüler befreit werden kann.

Die Wiederholungs- und Nachtragsprüfungen werden den 15., die Aufnahmsprüfungen den 16. September vorgenommen werden.

Schüler, welche in die erste Klasse aufgenommen werden wollen, müssen das neunte Lebensjahr zurückgelegt haben; sie müssen, wenn sie an einer öffentlichen Volksschule unterrichet wurden, sich mit einem Zeugnisse ausweisen, welches die Noten aus der Religionslehre, der Unterrichtssprache und dem Rechnen zu enthalten hat. Doch bleibt bei der Entscheidung über die Aufnahme die gut bestandene Aufnahmsprüfung massgebend. Bei dieser Prüfung werden folgende Anforderungen gestellt:

a) Jenes Mass von Wissen in der Religion, welches in den vier ersten Jahreskursen der Volksschule erworben werden kann.

b) Fertigkeit im Lesen und Schreiben der deutschen Sprache und der lateinischen Schrift; Kenntnis der Elemente aus der Formenlehre der deutschen Sprache, Fertigkeit im Analysieren einfach bekleideter Sätze; Bekanntschaft mit den Regeln der Orthographie und Interpunktion; Richtige Anwendung derselhen beim Diktandoschreiben.

c) Uebung in den vier Grundrechnungsarten in ganzen Zahlen.

CILLI, 15. Juli 1880.

Dr. F. Z. Svoboda,
Direktor.